Elke Heinemann wurde 1961 in Essen geboren. Nach literaturwissenschaftlicher Promotion, Ausbildung zur Redakteurin an der Henri-Nannen-Schule und längeren Aufenthalten in Paris und London lebt sie heute als freie Autorin in Berlin. Sie schrieb zahlreiche Hörfunksendungen, Essays und

Foto: Tanja Thomsen

Prosatexte, ihre Arbeiten wurden mehrfach mit Preisen und Stipendien ausgezeichnet. »Der Spielplan. Ein Liebesroman« wurde von der Stadt Esslingen sowie vom Freien Deutschen Autorenverband gefördert und erhielt den 1. Preis des österreichischen Floriana-Literaturwettbewerbs.

Elke Heinemann

DER SPIELPLAN

Ein Liebesroman

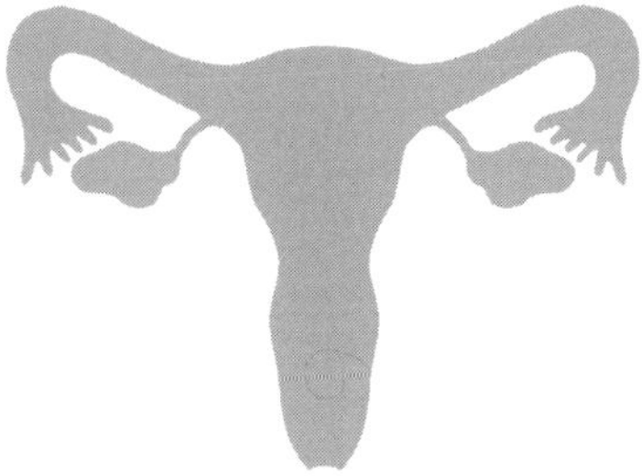

Edition Nautilus

Dank an die Stadt Esslingen am Neckar für die Förderung des Manuskripts, das zudem den Hauptpreis des österreichischen Floriana-Literaturwettbewerbs erhielt und vom Freien Deutschen Autorenverband ausgezeichnet wurde. Anregungen verdanken sich der Lektüre von Roland Barthes, Walter Benjamin, Bertolt Brecht, Carl Djerassi, Eve Ensler, Sigmund Freud, Peter Fuchs, Aldous Huxley, Friedrich Nietzsche, Arthur Rimbaud, Mary Wollstonecraft Shelley und Sophie von Zanardi, die in Form von Paraphrasen, Zitaten und Zitatresten in den Text eingegangen sind. Dank auch an Barbara Köhler, Ernst Marischka, die Duden-Redaktion, div. Frauenfachmagazine und div. TV-Tag- und Nachtprogramme. Und an S.K. & G.O.

Edition Nautilus Verlag Lutz Schulenburg
Alte Holstenstraße 22 · D-21031 Hamburg

Umschlaggestaltung: Maja Bechert
www.majabechert.de
1. Auflage 2006 · Printed in Germany
www.edition-nautilus.de

1 2 3 4 5 · 10 09 08 07 06

ISBN 3-89401-478-4

Anstatt eines Vorworts ergeht hier die Bitte an unsere lieben Leserinnen, sich einen Augenblick lang die Liebe vorzustellen, wie sie sein sollte, wie man sie anschauen kann im Theater, im Film und im Fernsehen. (Unserem lieben Leser können wir es übrigens nicht verübeln, wenn er derweil eine Fachzeitschrift für Theater-, Film- und Fernsehkritik studiert.) Groß und fruchtbar sollte die Liebe sein, das haben Sie doch sicher schon einmal irgendwo gelesen. Und das Leben sollte wie ein Liebesroman sein, live oder live im Fernsehen. Ein Leben wie ein Liebesroman, der auch ein Fortpflanzungsroman sein könnte mit vielen Fortsetzungsfolgen im Fernsehen. Ein Leben wie dieser Liebesroman, der ein Doppelroman ist im handlichen Handy-Format, mit vier paarungsbereiten Hauptdarstellerinnen, die einen Glücksbringer suchen. (Ähnlichkeiten mit natürlichen Personen sind zufällig!)

1

Irgendwie beginnt jeder Liebesroman. Wie spannend, wenn er mit einer chemischen Analyse beginnt, mit einer symbolischen Symmetrie, mit zwei Wahlverwandtschaften vier paarbereiter Elemente!

Dieser Liebesroman beginnt mit einem schlichten Satz, gesprochen von Brigitte. Brigitte sagt, ich liebe dich.

Brigitte sagt diesen Satz, weil sie ihn oft in ähnlichen Situationen gesagt hat. Brigitte hat diesen Satz oft in ähnlichen Situationen gehört und gelesen, im Kino, im Fernsehen, in Liebesromanen. Brigitte ist sich ihrer kulturellen Prägungen selten so sicher wie in diesem Augenblick. Und doch ist es möglich, dass sie diesen Satz sagt, weil sie hofft, dass Romantik Verkrampftheit ablösen wird, sie weiß es nicht genau.

Denn es ist das erste Mal, und wie bei jedem ersten Mal hat Brigitte ein einziges Ziel: Es soll nicht das letzte Mal gewesen sein. Vielmehr soll es das erste Mal einer Reihe von vielen Malen gewesen sein, die irgendwann, in einer noch nicht abzusehenden Zukunft, mit einem letzten, einem allerletzten Mal beschlossen sein wird. Bis dass der Tod uns scheidet.

Das alles meint Brigitte, wenn sie sagt, ich liebe dich.
Aber sie weiß es nicht, oder sie weiß es nicht genau.

Alles, was Brigitte im Augenblick weiß, ist, dass da einer ist, den sie mehr als alle anderen auf dieser Welt liebt.

Warum, weiß Brigitte nicht genau.
Vielleicht wegen Petra.

Petra ist Brigittes beste Freundin. Petra und Brigitte haben sich in dem Grundkurs kennen gelernt, den sie im Studium der Theater-, Film- und Fernsehwissenschaften belegen. Petra und Brigitte haben also von Anfang an etwas gemein: Sie studieren Theater-, Film- und Fernsehwissenschaften.

Warum studieren Sie Theater-, Film- und Fernsehwissenschaften? So lautet die erste Frage auf dem Fragebogen, den der Grundkursleiter in der Grundkursdoppelstunde verteilt.

Warum nur, Brigitte, warum?

Brigitte ist, bei Licht betrachtet, nicht die idealtypische Heldin eines Liebesromans. Vielleicht haben wir deshalb Brigitte gewählt, die zwar nicht ideal ist, aber typisch. Typisch nämlich für den Typus der hochbusigen Hochschülerin mit hennafarbenem Zopf und unklarer Berufsperspektive, die einem Studium der Theater-, Film- und Fernsehwissenschaften natürlicherweise anhaftet.

Brigitte träumt von keinem Traumberuf, Brigitte träumt von der Keimzelle Kleinfamilie, dem Urgestein sozialen Seins – warum nur? Weil Brigitte dieselben Fortpflanzungsorgane hat wie ihre Mutter und ihre Großmutter, die noch nicht Theater-, Film- und Fernsehwissenschaften studieren durften?

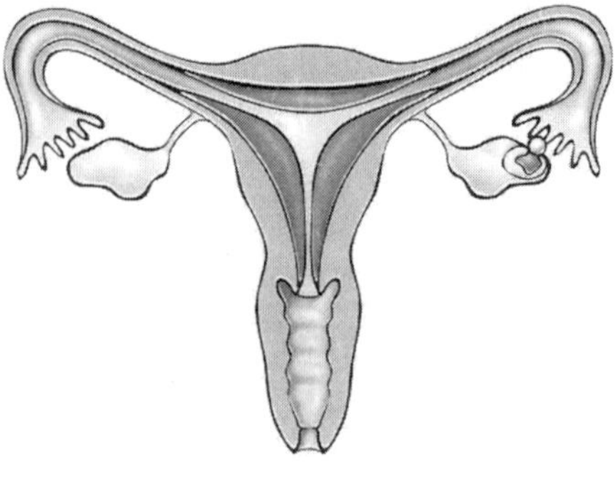

Wenn dein Körper genügend Geschlechtshormone produziert, reift alle vier Wochen in deinen Eierstöcken eine Eizelle heran. Sobald diese reif ist, ver-

lässt sie deinen Eierstock und gelangt in deinen Eileiter. Diesen Vorgang nennt man Eisprung.

Weil Brigitte dasselbe Drama des ungezeugten Kindes im Kopf hat wie einst ihre Mutter und ihre Großmutter? Weil Brigitte unter Penisneid leidet wie einst ihre Mutter und ihre Großmutter, die noch nicht Theater-, Film- und Fernsehwissenschaften studieren durften?

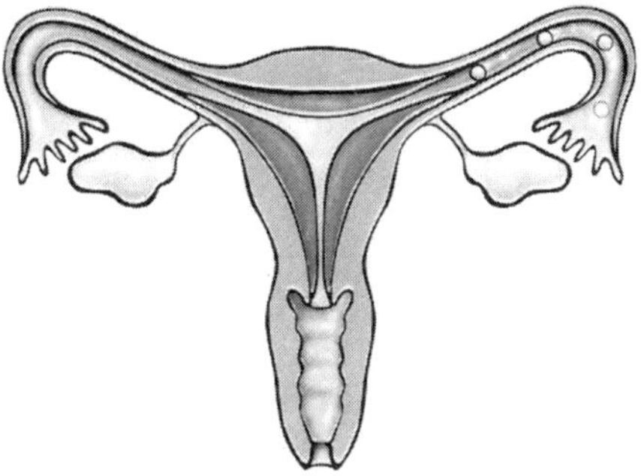

Die Eizelle wandert nun durch deinen Eileiter in Richtung Gebärmutter und kann von einer männlichen Samenzelle befruchtet werden. Ihre Wanderung dauert vier Tage. In der Zwischenzeit hat sich deine Gebärmutter auf die Aufnahme einer befruchteten Eizelle vorbereitet, die das Wunder des Lebens birgt: die vierfach codierte DNA-Doppelhelix eines Neuen Menschen! Die Gebärmutterschleimhaut hat sich verdickt und mit Nährstoffen angereichert. Im Falle einer Schwangerschaft kann sich die befruchtete Eizelle hier gut einnisten. Wenn die Eizelle nicht befruchtet wurde, löst sie sich auf und geht unbemerkt verloren. Das Wunder des Lebens wirst du dann leider nicht kennen lernen.

Warum also, Brigitte, dieser Studienwunsch?

Die Mutter erzwingt die Antwort, indem sie Brigittes Kopf in eine Schraubzwinge zwängt und langsam an den Rädchen dreht. Warum die vom vorzeitig verstorbenen Vater erwirtschafteten Gelder sinnlos vergeuden, warum verprassen, was die Mutter – spät gefreit, doch nie gereut – als Ehe-, Haus- und Mutterfrau sicher bewahrt? Die Mutter schraubt die

Zwinge enger, Brigittes Ohren reißen ein, Blut rinnt aus der Nase, verschmutzt die reine Schürze der Mama, in deren Schoß ein Auge des noch härter zu züchtigenden Kindes fällt wie ein warmes Vierminutenei.

Warum nur, Brigitte, warum?

Brigitte ist 20, kann wenig, weiß wenig, hat nichts. Nur ein Studium der Theater-, Film- und Fernsehwissenschaften an einer traditionslosen Hochschule, das hat Brigitte, und eine Mama hat sie auch. Die Mama ist dreimal so alt wie die Tochter, kann noch weniger, weiß alles besser und hat gar nichts, nicht einmal ein Studium. Nur Brigitte, den Augapfel, den hat die Mutter fest im Blick und fester noch im Zangengriff.

Brigitte bittet, die liebe Mama möge es doch gut sein lassen! War ihr Schoß fruchtbar, so wird es auch Brigittes sein, und sie wird im Studium der Theater-, Film- und Fernsehwissenschaften lernen, einen potenziellen Kindsvater zu unterhalten, damit er den Unterhalt zahlt. Das ist so wie früher das Kochen und das Bügeln und das Waschen zu lernen, in der Frauenfachschule, was man heute nicht mehr lernen muss, um eine Fachfrau mit Kindsvater zu werden, erklärt Brigitte mit schwacher Stimme aus der Zwinglage, denn heute gibt es die Koch- und Bügel- und Waschautomaten. Es gibt auch die Unterhaltungsautomaten, gibt die Mama nach bester Besserwisserinnenart zurück und dreht am Rädchen. Ja, über die unterhalten wir uns immer, die potenziellen Kindsväter und ich. Warum sich über Unterhaltungsautomaten unterhalten? forscht die Frau Mama und schraubt die Zwinge enger. Weil die potenziellen Kindsväter keine Koch- und Bügel- und Waschautomaten kennen, die kennen nur Unterhaltungsautomaten, und die suchen deshalb Frauen, die Fachfrauen sind für Unterhaltungsautomaten, nicht für Koch- und Bügel- und Waschautomaten. Aber bald, Mama, wird alles noch besser, presst Brigitte zwischen zerbrochenen Zahnreihen hervor, dann gibt es auch bei uns die Frauenautomaten, die es jetzt schon in Amerika gibt, wo die Frauen Frauenstudien studieren, wo die Frauen lernen, sich über Frauen- und Unterhaltungs- und Koch- und Bügel- und Waschautomaten zu unterhalten. Die Mutter ächzt unter der Last der pädagogischen Hausarbeit und lässt einstweilen ab von dem kindischen Kind, das sich noch eines Besseren besinnen wird eines besseren Tages, da ist sich die Mutter sicher, und wischt sich den Schweiß von der Stirn.

Brigitte ist infolge dieses Kampfes eine tragische Figur geworden. Dennoch müssen wir sie wieder an die Seite der Freundin Petra platzieren, die gedankenlos dem Grundkurs der Theater-, Film- und Fernsehwissenschaften folgt, den der Grundkursleiter unter Verzicht auf Spannungsmomente und Höhepunkte improvisiert.

Aber – horch! Ist da nicht Brigittes Stimme zu hören?

Ganz deutlich hören wir, wie sie unter kurzen, heftigen Atemstößen einen grammatikalisch korrekten Satz ausruft. Brigitte ruft, ich liebe dich!

Dieser Satz, so wollen wir uns an dieser Stelle vorstellen, fährt ein wie Blitz und Donner in den Grundkurs der Theater-, Film- und Fernsehwissenschaften. Die Studienanfänger, die alle Wimmüller heißen sollen und quadratische Brillen mit breiter Rahmung tragen müssen, beziehen diesen Satz sofort auf sich. Bisher haben sie Brigitte bei den Seminararbeiten helfen dürfen. Aber keiner wirkte so anziehend, dass Brigitte sich ausgezogen hätte. Jetzt, da Brigitte ruft, ich liebe dich! fliegen die Köpfe der Wimmüllers, ist doch klar, hoch! Studienanfängerblicke rudern traumverloren in Richtung Studienanfängerin B und prallen gegen einen eiskalten Kieselaugenblick. Der messerscharfe Pagenkopfschnitt in Zitrusblond gehört Petra, der berechtigten BAföG-Empfängerin mit den geschiedenen Elternteilen in entlegenen Gebieten Deutschlands, Petra aus der aufgebürsteten Ex-APO-Wohngemeinschaft, Petra, die erwachsene Männer wegwerfen kann wie stinkende Lappen, obwohl sie Physik und Philosophie studiert haben und promovierte Psychologen sind. Es kann nicht sein, denken die Wimmüllers, diesen Satz haben wir uns nur eingebildet. Brigitte hat ihn nicht gerufen.

Wo, bitte, ist Brigitte?

Wenn wir der Handlung vorgreifen wollen, wie wir es von Anfang an getan haben, dann müssen wir die Frage vermittels der erprobten Metaphorik vom siebten Himmel beantworten, von der Hochzeit des Traums. Die Psychoanalyse deutet unser Bild im Sinne einer Regression auf oral-anale Kindheitsphasen, die Neuropsychologie konstatiert ein chaotisches Reizreaktionsgemisch, die Hirnphysiologie diagnostiziert das komplette Ausrasten der Synapsen, die Linguistik beobachtet ein konvulsivisches Schrumpfen des sprachlichen Zentrums, in dem ein letzter Satz unablässig rotiert.

Dieser Satz, ich liebe dich, sabbert über Brigittes volle feuchte Lippen und versucht, in das offene Ohr des auf Brigitte liegenden Herrn einzudringen. Der Herr, der soeben tiefer in Brigitte einzudringen versucht, ist offenbar zu keinem Satzwechsel bereit. So hören wir nur Brigittes Stimme, die immer wieder diesen Satz sagt, jauchzend verzerrt, ächzend verrenkt, seufzend verrückt. Außer Brigittes Refrain hört man Musik, es ist ein Brecht-Song. Die Musik lenkt unseren Blick ab von dem Traumpaar und um auf den Ort der geschlechtlichen Vereinigung, die, so lassen diverse onomatopoetische Kommentare erkennen, von beiden Partnern als genussbringend erfahren wird.

Die Szene in Brigittes Tagtraum ist folgende: Brigitte wälzt sich nackt und in halbkugelförmiger Haltung mit ihrem Partner verkeilt auf einem käsiggelben Flokatifell, das sich auf einem glänzenden Parkett ausstreckt. Der Raum ist sparsam mit Exponaten einer bekannten Möbelhauskette bestückt, der ergonomische Bürodrehstuhl Erwin unter die halbrunde Glasscheibe des Schreibtisches Helene gerollt, der aluminiumfarbige Deckenfluter Benjamin dimmt sanftes Licht, der CD-Player Eisler summt in einer Endlosschleife die *Ballade von der sexuellen Hörigkeit,* der mannshohe Vergrößerungsspiegel Heiner reflektiert die unscharfe Großaufnahme der Liebenden, die gerade den Akt zu einem guten Ende bringen. Mit Spitzengeschwindigkeit rastet der männliche Part im weiblichen ein und aus, angefeuert von den Begeisterungsrufen der Frau, die sie als Zugabe ihrem Standardtext beigibt. Der Mann dreht an den Knöpfen, stopft die Büchse, leckt, saut, bürstet, bügelt, geifert, keucht, speichelt, ferkelt, schmatzt, schnalzt, spritzt, brüllt, jaaah!, stößt es aus sich heraus, fährt in die Frau hinein, verbringt es in den Untertagebau, knattert seine Munition in den Unterstand, Fontänen schießen in die mittagsschwüle Luft, die Sonne dreht sich um den Mond, der Astronaut putzt sich im Schwebeklo die Zähne, der Mann hurt, die Frau gurrt, es soll nicht aufhören, aahjaahmmmoooh! stöhnt er, saugt, zieht zischelnd Atem durch fest verbissenes Gebiss, rammelt entschlossen gegen offene Türen, taucht unter im Lilienteich, wirft sich das Fell der Löwin über die Schultern, kriecht bis zu den Zehenspitzen in den femininen Unterbau, melkt Kondensmilch aus warmen Tüten, B & B, ah! ja! wie er es ihm besorgt, dem naturgeilen Weibe, das sich um ihn krümmt, sein Schwanz, man kann ihn, Heiner sei Dank! sehr gut sehen, ist, Heiner sei nochmals gedankt! riesig und gierig nach dem feuchten dunklen Unterschlupf im lockigen Verlies der gegengeschlechtlichen Partei, da schleudert er ihn entschlossen bis zum Anschlag in die Frau, die Bombe platzt, eine pilzförmige Rauchfahne schießt in den blauen Sommerhimmel, schrill dringt es aus der Frau heraus, ich liebe dich!!! brüllt Brigitte mit ganzer Kraft gegen die ejakulierten Lustbekundungen des Mannes in ihr an.

Frauen und Männer sind verschiedene Menschen.

Das zeigt diese Szene deutlich. Sie haben verschiedene Bedürfnisse, die sie auf verschiedene Weisen befriedigen. Deshalb benutzen sie nicht nur verschiedene Toiletten, sondern auch verschiedene Texte. Brigitte brüllt, ich liebe dich!!!

Brigitte liebt Bert. Bert brüllt, ahaahaaha!!! Bert liebt Brigitte nicht.

Bert ist, bei Licht betrachtet, nicht der idealtypische Held eines Liebesromans, im Gegenteil (halbkahler Habichtsschädel, dürres Gebein, zapfenförmiger Rumpf). Bert erreicht mit gestrecktem Ganzkörper kaum Brigittes Bardotbusen, kaum Petras spitze Beckenflügel, aber Bert ist oho! Bert ist kein simpler Schauspieler wie dieser Bradpitt, nein, Bert bestimmt mit einer berufstypischen Daumenbewegung, ob es mit diesem Bradpitt weiter bergauf oder wieder bergab geht! Bert ist Theater-, Film- und Fernsehkritiker, mehr noch, Bert ist der Ltd. Redakteur des *Spielplans*, der einzigartigen, überragenden Fachzeitschrift für Theater-, Film- und Fernsehkritik. Bert ist ein männlicher Kulturmensch, dem weibliche Kulturmenschen zu Füßen liegen. Denn Macht macht sexy. Bert ist mächtig. Bert ist mächtig sexy.

Dies erfahren in der Erzählgegenwart Brigitte und Petra. Emma und Marie-Claire werden dies in der zu erzählenden Zukunft erfahren. Vier Frauen auf der Suche nach einem paarungsbereiten Partner! Vier Frauen auf der Suche nach einem Glücksbringer! Viel Glück!

Die Frauen werden viel Glück brauchen!

Denn Bert ist ein Frauenheld. Wie Brecht, dem zu Ehren er den vom Vater übernommenen Vornamen Bertram verkürzt hat. Aber neben der Liebe zur Macht und der Liebe zu den Medien haben die beiden Männer namens Bert noch etwas gemein: den Hass auf die Frauen.

2

In der Grundkursdoppelstunde der Theater-, Film- und Fernsehwissenschaften, zu der jetzt auch höhere Semester stoßen, führt Bert seine Liebe zu Theater, Film und Fernsehen kurz vor. Offiziell eingeladen und inoffiziell honoriert vom Grundkursleiter, motiviert Bert die jungen Damen und Herren dazu, den Grundkurs bis zum Semesterende mit der erlaubten Fehlstundenquote auszuhalten, indem er sie leibhaftig mit der beruflichen Realität eines erfolgreichen Ex-Studenten des Faches konfrontiert. Zu diesem Zweck tritt Bert im Arbeitskostüm auf (breitkrempiger Hochhut und knöchellanger Trenchcoat, ein optischer Aufbau seines kümmerlichen Körpers, den er auf der geschickt im Innenbett der schicken Lackschuhe eingearbeiteten Polsterung in eine respektable Höhe reckt) und präsentiert seine Biographie vermittels einer reichen Materialschau.

Vielmehr: Bert präsentiert eine Version seiner Biographie vermittels einer reichen Materialschau.

Die andere Version seiner Biographie, die sich im Unterschied zur sorgfältig zusammengeklebten Materialschau wegen mangelnder Fiktionalität disqualifiziert, legt Bert weder an dieser noch an anderer Stelle weder in groben noch in feinen Zügen dar. Sie beinhaltet in Kürze Folgendes:

1. Akt: Zeugung
Bert wird in einer windigen Winternacht der vorlauten 60er Jahre des vorigen Jahrhunderts von einer pubertären, zum Zeitpunkt der Empfängnis sexuell unerfahrenen Krankenschwesterschülerin und einem alkoholcholerischen Invaliden unter extremen körperlich-seelischen Anspannungen im

Trakt für männliche Einzelpatienten der Städt. Krankenanstalten Gummersbach gezeugt.

2. Akt: Werdung

Es folgen Kindheit und Jugend im Haushalt der alleinerziehenden Mutter sowie das Ende einer nicht enden wollenden Schullaufbahn: Bert beschließt, wie alle BRD-Jungmänner der jungen 80er Jahre, die weder schwere physische Defekte noch hinreichende mimische Talente vorweisen können, sich der militärischen Pflichtzeit durch rechtzeitige Flucht in die bundeswehrfreie Zone Berlin (West) zu entziehen. Es folgen Berts Marathonirrläufe durch die Neubaugebäude einer traditionslosen Universität: Interessen-, Ideen- und Begabungslosigkeit treiben ihn schließlich in das soeben eingerichtete, lauthals für sich werbende Fach Theater-, Film- und Fernsehwissenschaften, das ihm und einem Rudel Gleichgesinnter die Dollars und die Dolce vita der berühmten Theater-, Film- und Fernsehstars verspricht. Das Fach, so muss Bert am Ende des zwanzigsten Semesters erkennen, hat gelogen. Und Bert hat weder wissenschaftliche Qualifikationen noch ausreichende Gründe, um sein Studium abzuschließen. Stattdessen schließt er sich eng dem frühzeitig vergreisten Leiter des Seminars *Der Spielplan. Eine studentische Zeitschrift für Theater-, Film- und Fernsehkritik* an, einer regelstudienzeitüberdauernden Fachveranstaltung, in die sich alljährlich die meisten Fördermittel des aufwendig geförderten Faches Theater-, Film- und Fernsehwissenschaften ergießen.

3. Akt: Höhepunkt & Happy End

Es folgt Berts beschwerliche Kreuzfahrt durch den Analkanal des Fachseminarleiters. Es folgt das boshafte Aushecken vielschichtiger Intrigen, die zum vorzeitigen Emeritus und anschließenden Exitus des Professors führen. Dann übernimmt Bert die Leitung des *Spielplans*, sichert seine Position sowie die Produktion durch universitäre Förderung und überträgt die kritische Arbeit ambitionierten Studenten des Faches Theater-, Film- und Fernsehwissenschaften, die er unter Verzicht auf Autorennamen publiziert. Bert ist seit vielen Jahren in der Theater-, Film- und Fernsehbranche erfolgreich.

Aber diese Version seiner Biographie soll uns nicht interessieren. Interessant ist vielmehr die Version, die Bert den Grundkursbesucherinnen und -besuchern in Wort und Bild vorstellt:

1. Akt: Verstellung
Berts vorgestellte Vita setzt in einer ruhigen, namentlich nicht genannten, keineswegs uninteressanten Kleinstadt des alten mittleren Westens der BRD ein. (Die Wimmüllers der niedrigen Semester erröten, weil sie sich noch immer ihrer Geburtsstadt Gelsenkirchen schämen, die Wimmüllers höherer Semester können sich nicht mehr an ihre Geburtsstadt Wanne-Eickel erinnern.) Bert beginnt in dem mittelmäßigen Mittelschichtselternhaus, das er mit allen Wimmüllers teilt, Theater, Film und Fernsehen zu spielen. Das frühreife Wunderkind fällt durch eine außergewöhnliche Inszenierung des Stückes *Der Kasperl, die Großmutter, das Krokodil* auf, weil sein Kasperl die Großmutter anstelle des Krokodils totschlägt, weil die Großmutter das Krokodil verschreckt hat. (Die jüngeren Wimmüllers glotzen, die älteren Wimmüllers feixen über die gewitzte Verkehrung der Moral von der Geschichte und flüstern sich den von Brecht theaterhistorisch verwendeten und von Bert theaterkritisch verkehrten Begriff *V-Effekt* zu.)

2. Akt: Vorstellung
Der schlagfertige Kasperl, das verschreckte Krokodil und die totgeschlagene Holzleiche der Großmutter werden im Seminarraum herumgereicht, dazu einige unersetzbare *HörZu*-Fernsehfachzeitschriften aus der Experimentalphase des Mediums. Dann bittet Bert, das Deckenlicht auszuschalten, weil er seinen vorgeblich ersten Heimcamcorderfilm *Night Stills* vorführen will, den er insgeheim in der Video-Abteilung der Stadtbibliothek unter dem Titel *Stille Nacht* ausgeliehen hat.

3. Akt: Höhepunkt & Happy End
Bert berichtet abschließend, dass er früh nach theoretischer Durchdringung seiner Obsessionen gesucht habe. Dies gelang im damals noch jungen Fach Theater-, Film- und Fernsehwissenschaften, das sich mittlerweile hervorragend an der traditionslosen Hochschule bewährt hat. Und Bert ist seit vielen Jahren in der Theater-, Film- und Fernsehbranche erfolgreich.

Wer sich jetzt ein einjähriges Praktikum in der *Spielplan*-Redaktion sichern möchte ...

Die theater-, film- und fernsehkritisch unbedarften Wimmüllers der niedrigen Semester giften die älteren Wimmüllers an, die Kritikseminargrundscheine im Kampf um einen Praktikumsplatz schwenken. Aber noch etwas geschieht, und deshalb setzt das Schwenken plötzlich aus: Die Grundkursteilnehmerin und Studienanfängerin Brigitte schwenkt ihr Minikleid gegen die Rednertribüne.

Aber Brigitte hat doch noch gar keinen Kritikseminargrundschein, oder?

Nein, aber Brigitte ist von dem Vortrag des Herrn Professor Doktor Bert so begeistert, dass sie sich ihm gleich vorstellen will, um ihren im Grundkurs geträumten Hochzeitstraum in eine Traumhochzeit zu verwandeln.

Denn Brigitte weiß nun, warum sie Theater-, Film- und Fernsehwissenschaften studiert. Wegen Bert.

Allerdings nützt Brigitte dieses Wissen nichts. Denn Bert ist es völlig gleich, ob Brigitte Theater-, Film- und Fernsehwissenschaften studiert und wenn ja, warum.

Aber die gemeinsamen Interessen, Bert, die zwei Liebende miteinander verbinden! Bert schüttelt den Kopf, Bert will sich nicht binden, Bert will Interesse hervorrufen.

Vorsicht, Brigitte!

Bert hasst es, wenn man die Inszenierungen aller Brecht-Stücke mit Datum, Ort und Regisseur aufzählt, wenn man alle Rollenbesetzungen herunterspult und aus überregionalen Kritiken zitiert! Brigitte will all das für Bert lernen, weil sie glaubt, Theater, Film und Fernsehen interessierten ihn. Aber Bert kann gelehrte Vorträge nicht ertragen, und Medien interessieren ihn nur, wenn die Inszenierung BERT heißt, wenn das Stück BERT gegeben wird, wenn BERT, der Film, läuft, wenn ein Interview mit BERT gezeigt wird, wenn die unablässige Talkshow BERT zu sehen ist. Brigitte wird dies erst im Hauptstudium begreifen. Dann ist es längst zu spät für das Glück, das sich sowieso niemals bei Bert und Brigitte aufgehalten hätte. Aber das glaubt Brigitte nicht, und sie wird es niemals glauben.

Brigitte wird Bert niemals vergessen. Bert ist Brigittes versäumte Gelegenheit. Bert wird sich nicht an Brigitte erinnern. Bert versäumt keine Gelegenheit mit anderen Frauen. Bald davon mehr.

Jetzt erblickt Brigitte im Geiste Mamas forschenden Blick: Ist dieser Professor Doktor Bert vielleicht einer der potenziellen Kindsväter mit universitärer Unterhaltungsgarantie, von denen das Kind phantasiert hat? Die Wimmüllers hat es ja wohl nicht gemeint, oder etwa doch, das unreife Gör? Neinnein, Mama, die da, die nicht, der da, den möchte ich. Na gut, die gute Mutter wird die Ware prüfen.

Aber wo ist denn der Herr Professor Doktor Bert? Und wo ist Petra?

Auf der Damentoilette der Lehrkörper der philosophischen Fakultät öffnet Petra mit einem Ruck die Reißverschlussachse ihres getigerten Wildlederbodys. Sofort hüpfen milchweiße Tittchen wie unschuldige Lämmchen aus dem groben Naturmaterial und pressen ihre rosigen Schnäuzchen an das eiskalte Spiegelglas, das sie im Augenblick zu zäpfchenförmigen Zitzchen erstarren lässt. Eine Armlänge tiefer wölbt sich ein glattrasierter Fruchtkörper aus dem Tigerleder, das im Schatten nackter Mädchenbeine langsam aus dem Blickfeld rutscht. Petra steht auf dem Waschbeckenrand wie eine lebende Skulptur und beginnt, die zarten Körperspitzen zärtlich mit ihren Fingerspitzen zu massieren. Sicher dient es der Durchblutung, Petras Wangen sind Pfirsichsamt, ihr Mund, den sie zu einem O formt, Holunder. Das kann Petra im Spiegel gut erkennen, auch Bert ist im Spiegelhintergrund deutlich zu sehen. Er hockt, gefesselt mit einem fliederfarbenen Damensamtcordschal und geknebelt mit einem rosa Spitzenslip, auf einem reinweißen WC-Topf, die Hände können sich in der festen Bandage einer schwarzen Netzstrumpfhose kaum noch bewegen. Dabei möchten sie sehr gern das runde, frei kreisende Fleischstück ergreifen, auf dem Petra noch vor wenigen Minuten im Grundkurs der Theater-, Film- und Fernsehwissenschaften gesessen hat. Da es sich ihm nun entgegenstreckt, ist ein Blick in den Innenraum möglich, in den Bert sehr gern und sehr dringend seinen zum Überlaufen gefüllten Schwengel bringen würde. Aber vergeblich ruckt er auf dem Klodeckel, kehlt er hinter dem Slipknebel. Petra schüttelt neckisch das zitrusblonde Köpfchen und glockt vor dem Spiegel weiter, ein Tröpfchen lässt ihr Fässchen überlaufen, bernsteinfarben träufelt es aus ihrer vorderen Unterseite heraus, eine heiße Quelle zischelt in das glänzende Waschbecken, von Berts Gesicht ist nur noch ein zartrosa Damenslip übrig.

Rasche Schritte auf dem Gang vor dem Toilettentrakt kündigen eine Störung dieses vollkommenen Bildes an.

Petra springt vom Waschbeckenrand aus in ihren Wildledertiger und stülpt einfach ein hautenges Kleid darüber. Noch bevor Brigitte den Raum betritt, schleudert Petra die WC-Tür zu, hinter der Bert nun die fremdländische Putzkolonne erwarten muss, die ihn mit unübersetzbarem Geschrei aus seiner peinigenden Lage befreien wird.

Petra und Brigitte stehen einander gegenüber.

Freundin und Freundin stehen gemeinsam vor dem Spiegel

der Damentoilette, so dass wir sie beide zweimal sehen. Zudem haben sie zweimal zwei Stimmen, die in und aus ihren Köpfen ertönen. Es handelt sich um zwei äußere und zwei innere Stimmen. Die äußeren Stimmen organisieren sich dialogisch, die inneren Stimmen monologisch.

Brigittes äußere Stimme sagt, Petra.
Brigittes innere Stimme sagt, Bert.
Petras äußere Stimme sagt, Brigitte.
Petras innere Stimme sagt, Bert.
Brigittes äußere Stimme sagt, da bist du ja.
Brigittes innere Stimme sagt, er ist auch hier.
Petras äußere Stimme sagt, da bist ja du.
Petras innere Stimme sagt, auch er ist hier.

Nun wird der Dialog in Befragung und Rückbefragung verwandelt.

Petra? fragt Brigitte. Brigitte? fragt Petra.
Ist er auch hier? fragt Brigitte. Bert?
Bert? fragt Petra. Er ist auch hier?

Nun werden Befragung und Rückbefragung in ein Gespräch von Freundin zu Freundin verwandelt.

Petra, sagt Brigitte. Brigitte, sagt Petra.
Bert, sagt Brigitte. Bert, sagt Petra.

Und dann gesteht die Freundin der Freundin, dass sie Bert geistig, seelisch und körperlich lieben möchte, und zwar in allen möglichen Stellungen. Und dann lächelt die Freundin die Freundin stumm an, als ob die Freundin wüsste, was die Freundin denkt, obwohl keine der beiden Freundinnen weiß, was sie denken soll. Und dann hakt sich die Freundin bei der Freundin stumm und lächelnd und gedankenlos unter. Und dann verlassen Brigitte und Petra Seite an Seite die weißgekachelte Damentoilette der Lehrkörper der philosophischen Fakultät.

3

Das Nullmorphem ist Thema des soziolinguistischen Proseminars, auf das Berts vergrämter Blick unwillkürlich fällt, als er die Damentoilette der Lehrkörper der Philosophischen Fakultät verlässt. Die studentische Überpopulation hockt vor der Toilettentür, Stühle werden in den Sanitärbereich gerückt, der Soziolinguistikdozent, in der Tiefe des Seminarraums auf der anderen Seite des Flures, ist kaum zu erkennen. Seine Stimme wird durch technische Verstärker in die Labyrinthik der Universitätsschnellbaugänge getrieben.

Das Nullmorphem, doziert der lautsprechende Dozent, *ist ein inhaltlich vorhandenes, aber lautlich nicht ausgedrücktes Morphem (z.B. bei der Bildung des Genitivs Singular Femininum). Der Frau.*

Berts Genitalien vibrieren bei der Bildung des Genitivs Singular Femininum. Frau, Frau, Frau morst es unablässig im nachtschwarzen Inneren seines Morpheusschädels, in dem er einen rosa Spitzenschlüpfer und ein Paar schwarzer Netzstrümpfe aufbewahrt.

Casus obliquus, schwächt der Lautsprecher ab, *abhängiger Fall.*

In Berts sprachlichem Epizentrum triumphiert der unbestimmte Casus rectus Frau, die studentische Überpopulation rekelt sich der Pause entgegen, ein paar pausblonde Studentinnen stricken einen lila Schal, der Bert an ein wichtiges Tagesziel erinnert: Er will Petra anrufen, er will ihr Glöckchen läuten, er will bei ihr anbimmeln, er will in ihren siebten Himmel.

Das Proseminar bimmelt und blökt, es teilt sich in der Flurmitte und gibt einer Herde schafskäsekauender Dolly-Experten den Weg frei zur naturwissenschaftlichen Fakultät. Da schleust der Rektor der traditionslosen Universität eine Gruppe ägyptischer Austauschstudentinnen einer traditionslosen Schwesteruniversität durch die Hörermassen. Allein die Kopftücher der Frauen und die Führerfigur ihres spiritus rector sind traditionsreich. Und Berts Fährtenschritt. Denn Bert stellt instinktiv dem Plural Femininum nach, der das soziolinguistische Seminar rasch hinter sich lässt.

Wie Moses mit dem Volk Israel durch die Wüste zog, so zieht der Rektor mit den ägyptischen Austauschdamen durch eine abgenutzte Teppichflurlandschaft, vorbei an weit geöffneten Seminarräumen, in denen Herren sich einzeln, paarweise oder in Gruppen gymnastischen Streck- und Beugeübungen hingeben.

Liebe, Sex und andere Kleinigkeiten: Zur Konstruktion intimer Systeme heißt es an einer Wegkreuzung. Und als gäbe es dort das lebenserhaltende Wasser, das auf entbehrungsreicher Wanderung gefehlt hätte, bleiben Rektor, Damengruppe und Bert wie ein Mensch vor der Hörsaalöffnung stehen.

2 Liebende = 2 Systeme, so die Botschaft, die die neue Hörerschaft wie einen kräftigenden Bissen auf der Rast aufschnappt, *inkompatibel, intim, zuweilen indifferent.* Die Ägypterinnen blättern eiligst in riesigen Wörterbüchern, Berts Hirn ist dumpfgestellt, der Rektor nickt dem Kollegensoziologen wortlos zu.

2 Systeme, so der Soziologe weiter, *gewissermaßen kommunikativ miteinander verkettet,* während er ein bisschen Habermas mit einer Prise Adorno zu sich nimmt, *romantisch, hoch sensibel, allergisch gegen Korrekturvorschläge, die fremdreferentiell sind, aufklärerisch, also an der Information orientiert.* Die Ägypterinnen, fremdreferentiell, aufgeklärt, also an der Information orientiert, nicken, gewissermaßen kommunikativ miteinander verkettet, im Takt der Wortfolge. Bert, romantisch, hoch sensibel, allergisch gegen Korrekturvorschläge, kann den Worten nicht folgen. Wieder einmal wird deutlich, dass Frauen und Männer nicht wie ein Mensch sind.

Die Liebe, säuselt der Dozent, *ist limitierter Wahnsinn, das Resultat einer Kommunikationsstruktur, die in die Untiefe des Einzelnen hinabrechnet, um sie gänzlich zu erfassen, um sie als 1 zu konstruieren.* Der Rektor berechnet in seiner Untiefe das Resultat einer Kommunikationsstruktur, die Ägypterinnen konstruieren sich eins, Bert erfasst gänzlich der limitierte Wahnsinn, die Liebe fühlt sich vernachlässigt, sie ist beleidigt, schürzt die Lippen, will gehen.

Irgendwie geht's um die 1 der 2! ruft der Soziologe der Liebe hinterher. *Wir 2 und andere Kleinigkeiten!* rasselt er im Laufschritt, ohne mit der Liebe Schritt halten zu können. *Irgendwie geht's um die kommunikative Vermittlung maximaler Relevanz,* hechelt er. *Irgendwie geht's um die komplette Akzeptanz der 1 des Anderen,* röchelt er, *die sich auf kommunikative Weise realisiert, wobei gewisse Wahrnehmungen nicht kommuniziert sondern sublimiert, transformiert oder ignoriert werden!* Schwer atmend bleibt er weit hinter der Liebe zurück. *So konstruieren sich Systeme, die nicht resistent sind gegen Krisen,* ruft er noch, *denn dies ist das wahre Wesen der Liebe: Sie ist und macht verrückt!*

Die Liebe grinst wie verrückt, ihr Grinsen bleibt in der Luft stehen wie das Grinsen einer verrückten Katze.

Sex ist, folgert der geschwächte Dozent auf Luhmann gestützt, *der Symbioseautomatismus intimer Systeme, eine Art Parallelreferenz auf die physische Basis, deren heftiges Agieren die Krise offenbart* (... er löst sich in Luft auf ...), *etwa wie Gewalt* (... wie die Grinsekatze ...), *wenn Macht als Medium scheitert.*

Berts physische Basis droht, mit Gewalt die Krise zu offenbaren, so dass er sich zum Medium seiner Macht begibt, der

Spielplan-Redaktion, ohne Parallelreferenz auf die Ägypterinnen und den derzeit führenden Rektor.

Denn Bert will nicht Liebe. Bert will Macht. Und Bert will Petra. Denn Petra macht Bert an.

4

In der Zwischenzeit ist Brigitte aus dem Seminar heimgekehrt.

Es ist vor dem Abend, und deshalb zeigt das Fernsehen das Vorabendprogramm. Brigitte sitzt neben der Mama auf dem Fernsehsofa und sieht fern. Brigitte sieht mit der Mama fern. Denn die Mama hat die Programmhoheit und schaut das Programm *Traumhochzeit*, weil Brigitte etwas lernen soll. Fürs Leben, Brigitte!

Brigitte denkt an Bert.

Die Mama denkt an ihr eigenes Traumhochzeitskleid: Schlicht, eher schlecht als recht war es, denn damals musste immer an allem gespart werden, und dann war das teure Kind ja auch schon unterwegs! Ich freue mich, Sie begrüßen zu können, sagt die Moderatorin der Traumhochzeitssendung, die Diana heißt, sie fletscht vor Freude die Zähne. Heute wollen wir mit unserem beliebten Bräuteraten beginnen. Erinnern wir uns an die Traumhochzeiten der Fürstenhäuser!

Alle schon geschieden, gibt die Mama Bescheid, außer die Sülvia.

Brigitte denkt, dass Bert ein gescheiter Mann ist, und dass ein gescheiter Mann viel mehr wert ist als ein geschiedener Mann, und dass sie, um Bert zu heiraten, wahrscheinlich gar kein Brautkleid braucht, nur Bert braucht sie als Braut.

Na, wer ist die Braut? fragt die Moderatorinnenstimme hinter der blendenden Dentalfront.

Das ist die Romy Scheider, sagt die Mama wahrheitsgemäß, aber anrufen will sie nicht: Das kostet nur Geld, außerdem haben die schon hinter der Kamera ihre eigenen Anrufer sitzen, die kassieren sich selbst ab, die wirtschaften sich selbst eins, diese Brauträte!

Diana spricht mit der angeblich anrufenden Fernsehzuschauerin, die sich selbst im Fernsehen hören kann. Das ist die Sissi, sagt die zuschauend schauspielernde Anruferin. Richtig! feixt Diana.

Das ist die Romy Scheider, weist die Mama sie ruhig zurecht, die ist eine Schauspielerin, die spielt immer nur die Sissi. Auch im Leben hat sie immer nur die Sissi gespielt, weiß die Mama. Sie ist dann auch in viele Länder und Städte gereist, berichtet die Mutter, zusammen mit der Brautmutter, die war die Magda Scheider, und mit dem herzigen Papa, der ein Herzog war, und mit ihrem Brautmann, das war der Kaiser Karlheinz.

Die Mama ist ein wenig versöhnt, als man ein paar alte Filmausschnitte zeigt: Schau, wie die Romy Scheider in die Arme des Kaisers Karlheinz fliegen kann, wie eine Schauspielerin, wie sie ihre lange Echthaarperücke kämmen kann, wie eine echte Schauspielerin, wie sie zum Kaiser Karlheinz *Franz* sagen kann und dann noch *Franzl!*, wie sie in seine Arme fliegen kann, die Beine sind schon ganz verrenkt, wie der Kaiser Karlheinzfranz sie durch die Luft wirbelt! Da wird der Mama schwindlig. Wie er *Sissi!* ruft, wie er sie hoch in die Luft wirft, wie er sie wieder auffängt! Er gibt ihr einen Kuss, er gibt ihr eine Kopfnuss. Sissiromy! Karlheinzfranzl!

Die Mama fängt sich wieder, die Sissiromy balanciert derweil auf der Fingerspitze des Kaisers Karlheinzfranzl, dann wird ihr übel. Die Mama kann das verstehen: Weil sie nichts isst, weil sie doch eine Schauspielerin ist, weil eine Schauspielerin doch nichts isst, und eine Prinzessin isst auch nichts, und eine Schauspielerin, die eine Prinzessin ist, isst überhaupt nichts!

Bevor der Sissiromy wieder übel wird, zieht sie sich rasch ein Traumhochzeitskleid über. Das ist noch schöner als das Traumhochzeitskleid von der Diana! ruft die Mama. Ein echtes Prinzessinnenkleid an einer falschen Prinzessin, das wirkt echter als ein falsches Traumhochzeitskleid an einer echten Schauspielerin. Nicht wahr, Brigitte?

Brigitte? Brigitte!

Brigitte wirbelt in Dianas Traumhochzeitskleid auf Berts Fingerspitze durch die Luft, als Bert sie fallenlässt, wird ihr übel. Brigitte legt sich im Traum hin, Brigitte liegt auf dem Fernsehsofa, Brigitte schlägt die Augen auf, die Mama schlägt dem Kind rechts und links auf die Wangen.

Brigitte! Aufwachen! Das Vorabendprogramm! ruft die Mama. Wir haben doch noch längst nicht alles gesehen! Nicht fürs Fernsehen, sondern fürs Leben lernen wir!

Brigitte muss schnell die letzten Sissi-Szenen nacherzählen, damit die Mama von ihr ablässt. Eine wahre Sissi-Mentalität will die Mama der Tochter einprügeln, auf dass die Tochter ein besseres Leben zu leben versteht als einst die Mama, die erst Mama wurde, als es fast für immer zu spät dafür war! Auf dass Brigitte nicht blind in dieses Leben hineinläuft, sondern sich tragen lässt, sich vom Glück über die Schwelle des Eigenheims tragen lässt! Das Glück heißt Karlheinz wie der verweste Vati, aber es ist nicht bloß ein verblödet verstorbener Bürovorsteher, sondern der Kaiser! Merke, Brigitte, der Kaiser heißt Karlheinz!

Aber Brigitte weiß es besser, denn ihr Karlheinz heißt Bert.

In der Zwischenzeit wirbeln die Programme durcheinander wie in einer Waschmaschine, weil die Mama auf der Fernbedienung sitzt. Jetzt schaukelt sich eine andere Vorabendsendung auf dem Bildschirm ein. Ein blinkender Beichtstuhl steht mitten im Fernsehstudio auf einer rotierenden Scheibe, auf dem Beichtstuhl sitzt der Sieger der letzten Sendung. Die Moderatorin heißt Klarabella, sie weitet entspannt die Nüstern. Sie sagt, ich freue mich, Sie begrüßen zu können. Und steppt ein paar Schritte aus dem nicht endenden Applaus des bezahlten Fernsehpublikums. Heute wollen wir mit dem beliebten Lebensabschnittspartnerraten beginnen. Beginnen wir mit den Lebensabschnittspartnerschaften Dollywoods!

Alles schon abgeschnitten, schneidet die Mama auf, sogar der Bradpitt.

Na, wer ist der LAP? fragt die Moderatorin mit geblähten Nüstern.
Bad, sagt der Sieger.
Blöd! ruft die Mama.
Bert, denkt Brigitte.
Aber es ist Brad.

Im Fernsehen wird eine Auswahl ehemaliger Bradpitt-Freundinnen gezeigt, die in komfortablen Hospitalbetten künstlich ernährt werden. Bradpitts durchschnittliche Lebensabschnittspartnerin, sagt Klarabellas Stimme, kann drei Gesichtsoperationen vorweisen, eine Hand voll Hungerödeme, eine andauernde Sonnenallergie und eine abgebrochene Psychotherapie. Ihre Ernährung besteht aus intravenösen Lösungen, Pulvern und Pillen, farblich passend zur jeweils aktuellen Haartönung.

Die Werbung ist keine Unterbrechung der Sendung, sondern eine Ergänzung. Neue Haarfarben geben mausgrauen Hausfrauen wieder Glanz. Zitrusblond frischt Kopfschmuck und Klosettputz problemlos auf. In kleinen Schlucken getrunken hat es appetitzügelnde Wirkung. Restkalorien werden auf Heimtrainingsgeräten restlos verbrannt. Bauchfett trieft und tropft, Orangenoberschenkelhaut schuppt und flockt, Hüftpolster hüpfen holterdipolter davon. Es ist der erleichterten

Frau nun ein Leichtes, dem geliebten Mann ein schweres Mahl zu servieren, ohne ein einziges Mal zu probieren. Er isst, sie probiert, nicht zu sein. Das passt bestens zu den modischen figurlosen Kleidern.

Morgen kaufe ich ein figurloses Kleid, beschließt Brigitte, und eine Flasche Zitrusblond! Da reicht die Frau Mama ein paar kalorienfreie Knäckebrote zum Abendprogramm. Bitte, Brigitte, kein Konfekt, Brigitte!

5

Zur selben Zeit schaltet Bert den redaktionseigenen Fernseher ein, um Berufliches mit Privatem zu verbinden, Pflicht mit Vergnügen zu vergelten, Anstrengung mit Spaß zu vergessen. Das wohngemeinschaftseigene Telefon, über das Petra gemeinsam mit ihren Wohngemeinschaftsmitbewohnern verfügt, ist seit Stunden besetzt. Und Bert kennt nur die Nummer des Wohngemeinschaftstelefons, nicht aber die wohngemeinschaftseigene Adresse. So wacht er allein, von allen guten Praktikanten verlassen, über das televisionäre Abendprogramm. Besonders die internationalen Tittensender zappt Bert gern durch auf der Suche nach Anregungen für eine psychoanalytisch fundierte, semiotisch versierte, ästhetisch-ethische Medienrevolution, der er in einer nicht allzu fernen Zukunft zur Geburt zu verhelfen hofft.

Und da ist ja schon ein mütterlicher Schoß in Großaufnahme, ein bisschen zerrupft, wie der Mann zu genau sieht. Und darüber ein zerfurchtes Gesicht, das zu dem Fernsehzuschauer spricht. Es behauptet, es hieße Gisela, sei Sparkassenkassiererin und seit zehn Jahren im Swinger-Club. Dazu swingt die Großaufnahme des zerrupften Mutterschoßes, bis Bert ihn abschießt. Im nächsten Programm erklärt eine

Fratze in Ekstase, sie trainiere seit zehn Jahren im Fitness-Studio, um Pornostar zu werden. Bert schießt die Fratze ab, und es erscheint an ihrer Stelle Wolfgangs Schwanz, der in Gisela hineinstößt, die sich in Annegret schraubt, und während dieser artistischen Höchstleistung plaudern alle über den Spaß, den sie dabei haben.

Ich freue mich, Sie begrüßen zu können, sagt im nächsten Programm die Moderatorin der Sendung *lieber sünden,* die tiefe Einblicke in ein gefülltes Dekolleté gewährt. Heute wollen wir mit dem beliebten Böse-Wörter-Ratespiel beginnen, sagt das Dekolleté. Wir wollen Wörter mit dem Anfangsbuchstaben „A“ raten. Schon will Bert mitmachen, als das redaktionseigene Telefon klingelt.

Bert greift zum Hörer, denkt flüchtig an Petra, zu flüchtig.
Bert sagt das böse Wort mit „A“, aus Versehen.
Aus Versehen, sagt Bert.
Aber zu spät.
Auweia, denkt Bert, aufgelegt.

Aber Petra hat Bert nicht angerufen, denn sie telefoniert noch immer mit Karlheinz. Karlheinz ist Petras Ex-Freund. Gestern war er noch Petras Freund. Heute kann Karlheinz sich nicht mit dem Gedanken anfreunden, nur noch Petras Ex-Freund zu sein. Davon handelt das Telefonat seit mehreren Stunden.

Diese Welt, die Karlheinz nun nicht mehr versteht, diese Welt, die für ihn immer noch Petra heißt, diese Welt, deren theoretische Grundlagen und praktische Übungen er immer noch determinieren, analysieren und präformieren will. Aber Petra wirft seinen Willen einfach aus ihrer Welt wie eine abgenagte Fischgräte. Verzweifelt grätscht Karlheinz zwischen seiner Vorstellung und ihrem Willen. Petra will eine eigene Welt. Das kann Karlheinz sich nicht vorstellen, nein, das kann Petra nicht wollen. Das ist eine falsche Vorstellung, sagt Karlheinz, wir wollen unterscheiden zwischen falschen und richtigen Vorstellungen. Die falschen Vorstellungen gibt es im Theater.

Petra: Dann will ich ins Theater.
Karlheinz: Das stellst du dir nur vor.
Petra: Dann stelle ich mir vor, dass ich ins Theater will, und dann will ich ins Theater.
Karlheinz: Du willst dir vorstellen, dass du ins Theater willst, aber eigentlich willst du nicht ins Theater, sondern du willst es dir nur vorstellen.
Petra: Du kannst dir gar nicht vorstellen, in welche Vorstellung ich will.
Karlheinz: Stell dir vor, du willst dir vorstellen, dass du mich willst.
Petra: Das kann ich mir nicht vorstellen.
Karlheinz: Du musst es wollen.
Petra: Ich will nicht.
Karlheinz: Ich will dich.
Petra: Ich will dich nicht.

Petra legt den Hörer auf. Das Telefon klingelt. Petra nimmt den Hörer ab.

Brigitte sagt, Petra, weißt du, wen ich gerade gehört habe?
Karlheinz, sagt Petra.
Bert, sagt Brigitte.
KarlheinzBert? fragen Brigitte und Petra.

Karlheinz liegt in seinem Bett. Karlheinz kann nicht schlafen. Karlheinz kann nicht träumen. Karlheinz kann sich nicht selbst befriedigen. Es ist eine dunkle, stürmische Nacht.

Bert liegt in seinem Bett. Bert kann nicht schlafen. Bert kann nicht träumen. Bert kann sich nicht selbst befriedigen. Es ist eine dunkle, stürmische Nacht.

Petra liegt in ihrem Bett. Petra will nicht schlafen. Petra liest führende Frauenfachzeitschriften: *Welcher Typ sind Sie?* Petra hat den Fragebogen richtig ausgefüllt: 1000 Punkte! Gute Nacht!

Brigitte liegt in ihrem Bett. Brigitte will nicht schlafen. Brigitte liest führende Frauenfachzeitschriften: *Entdecken Sie Ihren Typ!* Brigitte träumt: Bert ist mein Typ!

Aber wo ist das Metaphysische?

Das Metaphysische möge sich einstellen, nur einen unvergänglichen Augenblick lang. Aber Brigitte verstellt ihm den Weg, indem sie selbst im Traum ihr Augenmerk auf das vergängliche Physische richtet. Brigitte will eine bessere Zitrusblonde werden, als Petra sie jemals darstellen könnte. Brigitte will sich ein paar bessere Augenblicke in das Gesicht schminken, als Petra sie jemals haben könnte. Und dann will Brigitte die Kochrezepte der Mama alle nacheinander kochen, denn die Liebe ist physisch, sie geht durch den Magen. Rezepte, für die man geheiratet wird, Brigitte, Rezepte, für die ein Mann heiratet! Die Mama hat dem Kind dieses gute Buch schon lange vor allen anderen immer wieder nachdrücklich empfohlen. Eine weise Mutter weiß doch am besten, welche Lektüre sich für eine Frau mit eindeutigen Absichten eignet. Brigitte wird das Metaphysische in Kreuzworträtseln und Horoskopen suchen: Der Wassermann der ersten Dekade ist extrem fischefrauorientiert, männliches Haustier mit fünf Buchstaben, Reizleiter, Maul des Wildes, die Krebsdame schnappt gern nach Stierhoden, Stierhoden werden von Toreros geröstet verzehrt. Brigitte denkt an Berts Stierhoden und wäscht das Zitrusblond zu spät aus, der Hennagrundton hat sich gehalten und wird von pinkfarbenen Strähnen durchzogen, auf dem Herd verschmoren die Stierhoden zu einem schwarzen Kohlestück. Brigitte zerschlägt den Spiegel mit der leeren Flasche Zitrusblond, Brigitte hat kein Gesicht mehr, kein noch so schön!, nur noch Scherben, Brigitte! Brigitte wirft die Gesichtsscherben, das Zitrusblond und die Stierhodenkohle schnell ins Klo, bevor die Mama hereinkommt. Brigitte ist eine gesichtslose Gestalt, Wut & Scham lodern auf in ihrem angeschlagenen Hirn. Ich liebe dich! Der letzte Satz wird von den Flammen erfasst, dann vernichten Wut & Scham alles um sich herum.

6

Petra ist anders als Brigitte, bei Nacht und bei Tag. Petra muss nicht Theater-, Film- und Fernsehwissenschaften studieren, um einen Mann zu fangen. Petra hat mehr Männer gefangen, als sie in der engen Wohngemeinschaftswohnung halten könnte. Petra will bald die theoretischen Hochschulstudien aufgeben zugunsten einer praktischen Ausbildung zur freiberuflichen Krankengymnastin. Ein freier Beruf für eine zukünftige Ehe- und Mutterfrau, die nicht Gefangene ihrer Familie sein will! Petra wird sich in die freiberufliche Krankengymnastik retten. Stundenweise. Petra wird einen Mann fangen, der Gefangener seiner Familie sein will.

Brigitte und Petra haben bald unterschiedliche Ausbildungsziele, aber im Augenblick dasselbe Lebensziel. Das Lebensziel heißt in der Erzählgegenwart Bert.

Aber Bert will nicht Gefangener einer Familie sein, die Petra stundenweise wegen der Krankengymnastik verlässt. Bert will Petra für ein paar gymnastische Stunden einfangen. Mehr nicht. Und weil Petra dies ahnt, geht sie nicht ans Telefon, wenn Bert anruft.

Petra ist eine weibliche Frau mit emanzipierten Instinkten. Brigitte ist eine unemanzipierte Frau ohne weibliche Instinkte. Deshalb ruft Brigitte Bert an. Petra ist eine Beute, auf die das Raubtier Bert lauert. Brigitte ist angeschwemmtes Strandgut, das nicht einmal Karlheinz haben will, obwohl er im Unterschied zu Bert die Frauen nicht hasst. Karlheinz will den Frauen helfen. Wir wollen Karlheinz in der Kürze vorstellen, die seiner Rolle und seinen Aufgaben entspricht.

Karlheinz heißt Karlheinz Böhm wie der Schauspielerkaiser. Seine Mutter wollte, dass er mal etwas Besseres werden sollte als sein Vater, aus dem nichts geworden war. Wie Bert wuchs Karlheinz mit einer alleinerziehenden Mutter auf. Wie Bert fehlte Karlheinz eine Zweiterziehung durch einen Vater. Wie Bert wandte sich Karlheinz dem akademischen Studium zu. Wie Bert studierte Karlheinz die Medien, und zwar zur selben Zeit am selben Ort.

Aber Karlheinz ist Bert intellektuell überlegen. Und Karlheinz ist Bert sozial unterlegen. Denn Karlheinz redigiert gegen Unterbezahlung die Praktikantenkritiken des *Spielplans*. Und er produziert gegen Unterbezahlung Selbsterfahrungstests für *Playman*, Kreuzworträtsel für *Manpower* und Horoskope für *Mankind*.

Frag Karlheinz, rät Petra, als Brigitte ein Drama schreiben will, eine Liebestragödie, die auch ein Film sein könnte oder eine Fernsehshow oder ein LeserInnenbrief an den Ltd. Redakteur des *Spielplans* oder ein Planspiel, das ihre nächsten Anrufe vorsieht.

Warum willst du Bert? fragt Karlheinz.
Ich liebe ihn, sagt Brigitte.
Warum will Bert Petra? fragt Karlheinz.
Bert will Petra? fragt Brigitte. Und ihre Fortpflanzungsorgane verkrampfen sich im Liebesschmerz.
Will Petra Bert? fragt Karlheinz. Doch seine Fortpflanzungsorgane antworten nicht.

Auch Petra antwortet nicht, als Karlheinz fernmündlich nachfragt. Petra hat einen Plan. Es ist ein weiblicher Plan, der auf Arterhaltung abzielt: Petra will, dass Bert, Brigitte und Karlheinz ihr Planspiel spielen, Petra will Brigitte und Karlheinz ausspielen. Aus vier mach zwei, denkt Petra. Und trifft Karlheinz in der *Spielplan*-Redaktion an einem schönen kieselblauen Abend, an dem auch Bert dort eintrifft. Petras zitrusblonde und kieselblaue Pfeilchen treffen Karlheinzens und Berts Fortpflanzungsorgane. Petra wippt und röckt wortlos in handbreitem Mini, Karlheinz stochert wortreich in handwarmen Kurzkritiken, Bert glotzt und bockt, köchelt und hechelt, bis Karlheinz die Kurzkritiken unter den Tisch fallen lässt. Bert bückt sich, Bert duckt sich unter Petras Röckchen.

Petra, sagt Bert, davon will ich mehr.
Ich will auch etwas wollen, sagt Karlheinz.
Na gut, sagt Petra, dann wollen wir jetzt gehen.
Ich will auch gehen, sagt Bert.

Aber Petra und Karlheinz sind schon gegangen. Bert beschließt, Karlheinz für immer gehen zu lassen. Karlheinz ist entlassen, übrig bleiben Petra und Bert, denkt Bert. Und Brigitte, denkt Petra.

Freundschaft ist bekanntlich zwischen Männern heilig und zwischen Frauen scheinheilig.

Petra ist es völlig gleich, ob Brigitte fürs Leben gezeichnet, deleted, durchgestrichen, ausgeixt wird. Petra ruft Brigitte an, nachdem sie Karlheinz endgültig und für immer fortgeschickt hat, auf Nimmerwiedersehen! Brigitte befasst sich gerade mit der von einer Frauenfachzeitschrift aufgeworfenen Frage *Woran liegt es, wenn Ihre Augen ständig gerötet sind?* Mögliche Ursachen sind Küchenzwiebeln, Wimperntusche, Kontaktlinsen, Bildschirme, Männer und beste Freundinnen!

Ich kenne dein Spiel, improvisiert Brigitte, ich kenne deinen Plan!

Aber da spielt die Freundin sie an die Wand. *Spielplan*, flötet Petra, ich kenne den *Spielplan*! Brigitte hämmert wütend auf ihrer kurzen Klaviatur.

Spielplan! Spielplan!

Petras Refrain hallt noch in Brigittes Hirn nach, nachdem Petra den Hörer aufgelegt hat.

Petra ist Brigittes Ex-Freundin. Brigitte will sich mit Petras Ex-Freund befreunden. Die Freundschaft mit Petras Ex-Freund soll die Feindschaft mit der Ex-Freundin besiegeln. Petra ist Brigittes Feindin. Brigitte will sich mit Petras Ex-Freund befreunden, um Berts Freundin zu werden. Das ist Brigittes Planspiel.

Auf geht's zum *Spielplan*!

7

Der Weg ist Brigittes Prüfung.

In der Straßenbahn prüft Brigitte die wichtigsten Fachfragen der Neuen Frauenfachzeitschriften:

Lieben Sie den Richtigen? Sex – wie bekommen Sie, was Sie wollen? Vorsicht vor Gefühlsfallen!

Brigitte sitzt mit dem Richtigen in der Gefühlsfalle und bekommt jetzt, was sie will.

Brigitte liebt Bert. Das beweist der Psycho-Test. Bert liebt Brigitte nicht. Davon will Brigitte nichts wissen. Und der Psycho-Test fragt nicht danach. Brigitte begehrt Bert sehr. Das hat der Psycho-Test gezeigt. Bert ist Brigittes wildes Tier, Bert ist Brigittes Leitstier. Bert ist Ltd. Redakteur und Erfinder zahlreicher Wildtiernamen, mit denen er Petras Muschi locken will. Bert begehrt Petra sehr. Brigitte ist sehr dagegen. Und Brigittes Horoskop sieht die Widersacherin nicht vor. Bert ist Brigittes Leitstern, Brigitte will Berts Kometenschweif ergreifen, Bert soll begreifen, dass er Brigitte will. Brigitte träumt wilde Tagträume, während die Straßenbahn ihrem Unterleib harte Stöße versetzt: B & B betreten die Höhle des wilden Tieres, B will B aushöhlen, B will B aussaugen, die ausgesaugte Hülle fällt wie ein Vampiropfer zu Boden, Liebe ist die Sucht, die nach sich selbst sucht, deshalb wird Kh seinesgleichen suchen, wenn P sich nicht mehr von ihm aussaugen lässt. Aber davon später. Denn jetzt erwacht Brigitte aus ihren Tagträumen, die weder von P handeln noch von Kh. Sie handeln ausschließlich von B & B, dem von jedem führenden Frauenfachzeitschriftenhoroskop vorgesehenen Traumhochzeitspaar. Brigitte, die Himmelsbraut, strahlt, während die Straßenbahnräder Funken schlagen.

Achtung! Eine Traumfrau ist auf dem Weg zu ihrem Traummann!
Achtung! Brigitte! Der Weg ist das Ziel!
Achtung! Brigitte! Du bist schon am Ziel deiner Träume!

Aber Brigitte lässt sich nicht vom Weg abbringen, der weiterführt, über das Ziel hinaus. Brigitte verlässt das sonnengelbe Himmelsgefährt und läuft geradewegs auf ihr Wolkenkuckucksheim zu.

Das universitäre Hauptgebäude, vor wenigen Jahrzehnten aus riesigen Beton- und Alteisenmengen an einer mehrspurigen Hauptverkehrsstraße errichtet, rostet im kühlen Frühlingswind. Vor dem perforierten Portal stehen Gebrauchtbuchverkaufsstände. Brigittes Blick streift nicht die theater-, film- und fernsehwissenschaftliche Abteilung, sondern das Fach Lebenshilfe, das mit vielen Titeln zum Thema Liebe lockt. Die Liebe ist Brigittes Lieblingsthema. Ein appetitliches Thema, wie man sieht, denn die Liebe wird in bonbonfarbenen Büchern serviert. Brigitte wählt einen Band in Pinkgrapefruit:

Männerfang: Wie fange ich an?

Autoritär untersagt die Autorin Partneranalysen, Geständnisse, Bettelbriefe und kommunizierte Introspektionen. Stattdessen empfiehlt sie, das uralte Wissen der Frauen auf kleiner Flamme aufzuwärmen.

Du musst ihn kommen lassen, Brigitte!

Brigitte nickt, das weiß sie. Aber wie kann sie ihn kommen lassen, wenn er gehen will?

Du musst ihn gehen lassen, damit er kommen kann, Brigitte! Sei aktiv in deiner Passivität, Brigitte! Du musst dich ihm geben, damit er dich nehmen kann, Brigitte!

Aber Brigitte nimmt rasch ein anderes, ein mintgrünes Buch zur Hand, eine Sammlung weiblicher Selbsterfahrungen, überschrieben mit dem weiblichen Selbsterfahrungsmotto *Wir über uns.*

Die Männer sind uns über! Wir haben nichts mehr für sie über! Wir bleiben unter uns!

So die einführende Zusammenfassung, gefolgt vom check-up männlicher Testpersonen unter den Untertiteln *Länge – Stärke – Position – Ausdauer.* Mitgeteilt werden im weiteren weibliche Selbsterfahrungen beim Biegen und Brechen, Inspizieren und Intrigieren, Analysieren und Arrangieren. Fazit:

Selbst ist die Frau ohne Mann! Selbst du, Brigitte, du kannst es schaffen, wenn du willst, Brigitte, wenn du willst, kannst du du selbst sein, Brigitte, sei du selbst, Brigitte, bitte!

Aber Brigitte bittet um ein besseres Buch, um das Bauchbuch in Sunset-orange, mit einer Ablehnungserklärung aller Abtreibungsverbote und einer Reportage über Reproduktionsverfahren. Gezeigt wird, von innen und außen, von oben und unten, von rechts und links, das unbekannte Wesen Bauch. Kein männlicher Waschbrettbauch, sondern ein weiblicher Wachstumsbauch.

Dein Bauch gehört dir, Brigitte, behauptet das Bauchbuch, *das Leben kommt aus dem Bauch, Brigitte, nicht aus dem Meer, daher zeige mehr Bauch, Brigitte, zeige dich deinem Spiegelbild, bis der Spiegel blind wird!*

Spiegelblind heißt eine psychoanalytische Studie in Tiefviolett, nach der Brigitte jetzt greift. Brigitte streift den Bauch ab, Brigitte legt den Kopf auf den Klotz. Die Psychoanalyse beobachtet derweil Garnrollen-, Sprach- und Spiegelspiele. Brigitte hat sich dem letzten Gericht gestellt, Brigitte hat als letztes Gericht Stierhoden bestellt. Ödipus & Anima betreten schuldbewusst das Land der verlorenen Gefühle. Da setzt die olfaktorische Botschaft des Stierhodenodeurs die Gesetze der Psychoanalyse außer Kraft. Brigitte hebt den Kopf vom Klotz, Brigitte schnappt nach dem Stierhodendunst, Brigitte springt in ihren Unterleib. Dann läuft sie rasch davon!

Brigitte läuft vor den Büchern davon!

Möglich wäre, dass eine vermummte Gestalt, ein Warner, ein Mahner, Brigitte aufhielte, ihr DAS BUCH, das einzige, richtige, wichtige, gäbe:

Bitte, Brigitte, bilde dich!

DAS BUCH enthält paarbildende und paarerhaltende Sätze von seltener Kraft. *Ich will so sein, wie ich bin.* So lautet der erste Satz, den Brigitte nicht lesen wird. Dieser Satz ist unwichtig für Brigitte, die nicht sein will, wie sie ist, weil sie nicht sein kann, wie sie ist, weil sie nie gelernt hat, so zu sein, wie sie ist. *Ich lasse dir deine Freiheit, du lässt mir meine Freiheit.* Brigitte ist frei, sich Bert zu überlassen und nicht mehr loszulassen. *Wir sind unverbindlich miteinander verbunden.* Brigitte will Bert an sich binden, so dass er nicht mehr loskommt.

Aber Brigitte liest diese Sätze nicht. Brigitte läuft immer noch vor den Büchern davon!

Selbst die soziologischen Erhebungen der Gleichstellungsstelle über Gleichheit und Differenz sind unerheblich für Brigitte. *Aber bedenke, Brigitte, Frauen und Männer sind nicht gleich!* ruft die Gleichstellungsstelle. Das ist mir recht, sagt Brigitte. *Aber bedenke, Brigitte, es gelten die gleichen Rechte für Frauen und Männer!* Das ist mir gleich, sagt Brigitte. *Aber bedenke, Brigitte, dass es unrecht ist, Frauen und Männer gleichzustellen, wenn sie ungleich sind!* Brigitte weiß nicht so recht.

Aber bedenke, Brigitte, dass wir ungleiche Rechte brauchen für Frauen und Männer! Frauen brauchen Männer. Das ist alles, was Brigitte weiß. *Aber bedenke, Brigitte, dass Männer Rechte für Frauen machen!* Frauen haben das Recht, es den Männern recht zu machen, denkt Brigitte. *Aber bedenke, Brigitte, dass Männer nicht immer Recht haben!* Eine Frau hat das Recht auf einen Mann, sagt Brigitte. Brigitte denkt an sich. Und an Bert. Und an eine Utopie. Brigitte betritt die Universität.

8

Im Frauen-Café, neben dem Institut für Theater-, Film- und Fernsehwissenschaften, erproben ein paar Studentinnen asiatische Kampftechniken. Andere Studentinnen diskutieren andere Strategien für den täglichen Liebes- und Lebenskampf: Die Hardcore-Version männlicher Prägung wird verworfen zugunsten weiblicher Listen & Lüste. Strategisch wirksam sind non-verbale Diskurse, die mit Hilfe einiger Hilfsmittel eingeübt werden. Die Trainerin verteilt Glossy-Lipsticks, Push-up-BHs, sanft getönte Taschenspiegel und eine Abhandlung über die 8 verblüffenden Wahrheiten, die jede Frau kennen sollte.

Ich bin eine Königin.

Brigitte schaut in den sanft getönten Taschenspiegel. Brigittes Mit-Frauen schauen in die sanft getönten Taschenspiegel. Ich bin eine Königin, sagen Brigittes Mit-Frauen im Chor. Alle sind Königinnen. Alle erinnern sich an das uralte Wissen aller Frauen, das sie völlig vergessen hatten.

Ich bin eine Tochter der GROSSEN GÖTTIN.

Brigittes Atem schlägt sich auf dem sanft getönten Taschenspiegel nieder. Eine glossy-rosa Rose erblüht inmitten der spiegelnden Fläche.

Ich bin die Liebe, flüstert die Rose.
Ich bin schön, fügt die Rose hinzu.
Ich bin begehrenswert, flüstern alle Rosen in allen sanft getönten Taschenspiegeln.

Dann verstummen Rosen und Frauen, Göttinnen und Königinnen. Sie verstummen in einfältiger Eintracht. Schwestern im Geiste sind sie, verbunden durch dasselbe Ziel. Brigitte sieht im Geiste Petra, mit der sie dasselbe Ziel verbindet. Da löst Brigitte den Bund. Brigitte ist eine Einzelkämpferin, die für sich und ihr Ziel einzeln kämpfen will!

Jetzt betritt Karlheinz den für Männer reservierten Teil im zugigen Eingangsbereich des Frauen-Cafés. Karlheinz hat den Kreis der Männer verlassen, Karlheinz hat sein männliches Selbstbewusstsein verloren und seinen Teilzeitjob. Karlheinz sucht Trost bei den Musen. Da kommt Brigitte gerade recht, die zwar keine Muse ist, aber von der Liebe verlassen wie Karlheinz.

Brigitte erforscht Herz & Hirn des Ex-Freundes der Ex-Freundin. Karlheinz hat Herz & Hirn in seinen Laptop geklemmt, um einen Liebesroman zu schreiben, der auch ein Liebesbrief sein könnte oder ein Film oder eine Fernsehshow. Wer schreibt, der bleibt, sagt Karlheinz. Brigitte will auch bleiben und schreiben.

Brigitte und Karlheinz schreiben, um zu bleiben. Brigitte und Karlheinz schreiben, damit Petra und Bert bleiben. Denn Brigitte und Karlheinz schreiben einen Liebesroman, der auch ein Liebesbrief sein könnte oder ein Film oder eine Fernsehshow. Die Stars: Brigitte & Karlheinz. In weiteren Starrollen: Petra & Bert.

Halt! Es stellt sich heraus, dass Brigitte & Karlheinz verschiedene Vorstellungen von Petra & Bert haben.

In Karlheinzens Vorstellung ist Petra ein glänzender Star. Und Bert, schreibt Karlheinz, ist eine verglühte Starschnuppe. Karlheinz streicht immer wieder über Petras zitrusblonden Schopf. Brigitte schreibt: Bert ist ein glänzender Star. Und Petra ist eine verglühte Starschnuppe. In Brigittes Vorstellung streicht Bert immer wieder über Brigittes hennaroten Zopf. Karlheinz streicht Bert aus Petras zitrusblondem Kopf. Bert wird von Karlheinz deleted, durchgestrichen, ausgeixt. Brigitte streicht Petras zitrusblonden Schopf aus Berts Kopf. Petra wird von Brigitte deleted, durchgestrichen, ausgeixt. Brigitte schreibt, damit Bert bleibt. Bert, schreibt Karlheinz, lässt schreiben, um zu bleiben. Bert, schreibt Karlheinz, bleibt, ohne zu schreiben.

Brigitte bleibt in ihrer Vorstellung bei Bert. Vorhang auf für Bert! Vorhang auf für Brigitte! Vorhang auf für Brigitte & Bert! Bert ist der Held, der die Heldin Brigitte umwirbt. Brigitte ist die Heldin, die den Helden Bert bewundert. Brigitte und Bert werben umeinander, Brigitte und Bert bewundern einander, Brigitte und Bert verwunden einander. Au! schreit Brigitte. Brigitte streicht und schreibt, bleibt und schreibt.

Brigitte und Bert betreten die Bühne des Lebens, die im Fernsehen zu sehen ist. Das Fernsehshowpublikum gratuliert und applaudiert. Brigitte und Bert erzählen der netten Fernsehshowmoderatorin gern von ihrem Leben, das wie ein Spiel ist, welches nach Plan verläuft. Brigitte und Bert erzählen dem netten Fernsehshowpublikum gern von ihrer Liebe, die wie ein Liebesroman ist, welchen das Leben mit Brigittes Hilfe schreibt. Ein Märchen, schreibt Brigitte, das wahr ist. Ein wahres Märchen, das von zwei Liebenden handelt, die Brigitte & Bert heißen.

Erzählen Sie bitte, wie alles anfing, Brigitte! bittet die nette Fernsehshowmoderatorin. Jetzt wird's spannend! Jede nette Fernsehshowzuschauerin möchte jetzt gern wie Brigitte sein. Und jeder nette Fernsehshowzuschauer möchte jetzt gern wie Bert sein. Einmal im Leben ins Fernsehen! Oder? Vielleicht macht das Fernsehshowzuschauen doch mehr Spaß als das Fernsehshowmitspielen? Auch kann man die Fernsehshow jederzeit anrufen, bitte sehr, dafür gibt es einen Spitzenpreis, dafür gibt es 1 Million! Das ist Spitze!

Jetzt erzählt die nette Fernsehshowmitspielerin Brigitte von ihrem Traummann Bert. Bert zieht Brigitte im Traum an, Bert zieht Brigitte im Traum aus. Bert, der harte hardcore-man, und Brigitte, das weiche Weibchen. So muss es sein, denkt das Fernsehshowpublikum wie ein Mensch, denn Frauen und Männer sind verschiedene Menschen.

Frauen und Männer sind verschiedene Menschen, sagt die Fernsehshowmoderatorin, deshalb träumen Frauen öfter als Männer von ihrem Traumbeischlaf (40 Mal pro Woche), sprechen seltener davon (2 Mal im Leben) und erleben ihn nie (0 %).

Da zerreißt ein zitrusblonder Blitz Brigittes Traum! Petra!!!

Brigitte greift zum Rotstift. Petra ist ausgeixt, Petra ist ersatzlos gestrichen, Petra ist hennarot übermalt! Übrig bleiben Brigitte und Bert, die sich in der Fernsehshowwohnungskulisse einrichten. Und wir sind immer dabei!

Brigitte schlägt ein paar Eier in die Pfanne, damit Bert Brigittes Liebe im Magen spürt. Bert spürt keine Liebe, weder im Magen noch in den Eiern. Aber das Fernsehshowpublikum lässt sich leicht betrügen. Ich liebe dich! brüllt es mit Brigitte im Chor, während das Wasserbett Meeresgeräusche nachahmt. Der Himmel hängt voller Geigen, der Bildschirm voller Genitalien.

Alles ist gut, alles ist gut, wenn nur kein zitrusblonder Blitz in das Wasserbett einfährt!

Schauen Sie nach der Werbung weiter zu, sagt die nette Fernsehshowmoderatorin, dann zeigen wir Ihnen weitere Genitalien. Ungeniert zeigen Millionen netter Fernsehshowzuschauer der netten Fernsehshowmoderatorin Millionen weiterer Genitalien. Schwitzend warten Millionen rechtmäßiger Besitzer Millionen aufrechter Schwänze darauf, dass die Werbe-Oma von der Omo-Werbung endlich die Klappe hält!

Aber Brigitte, sagt Karlheinz, das ist kein Liebesroman, der auch ein Liebesbrief sein könnte oder ein Film oder eine Fernsehshow. Das ist eine Fernsehshow, sagt Brigitte, die auch ein Liebesroman sein könnte oder ein Film, bitte sehr, warum nicht?

(Auch hier wird deutlich, dass Frauen und Männer verschiedene Menschen sind: Sie benutzen nicht nur verschiedene Toiletten, sondern sie schreiben auch verschiedene Texte.)

Brigitte schreibt noch schnell ein paar Liebesbriefe an Bert, die die nette Fernsehshowmoderatorin nach der Werbung vorlesen soll.

Geliebter Bert, schreibt Brigitte, streicht *Geliebter* und schreibt *Lieber,* streicht *Lieber* und schreibt *Liebster,* streicht *Liebster* und schreibt *Hallo,* streicht *Hallo* und schreibt *Hey!,* streicht *Hey!* und schreibt ... Brigitte zerreißt das Papier, nimmt einen neuen Bogen, fügt ein paar Fotos von Brigitte & Bert hinzu, ein paar Zeichnungen, herzförmiges Deko-Material. Dann schreibt Brigitte, was sie empfindet.

ich liebe dich
dich liebe ich
ich dich
du mich

In Liebe, Brigitte.

Aber wo ist die Liebe? Brigitte bohrt zwischen den Versen nach der Liebe, die sich rasch versteckt.

Liebe! ruft Brigitte.
Aber die Liebe antwortet nicht.

Brigitte schreibt mit Tränenfeucht, Brigitte schreibt auf Herzblatt.

Liebe! ruft Brigitte wieder.
Aber die Liebe schweigt.

Brigitte bittet in ihren Briefen um Liebe. Brigitte empfindet Liebesempfindungen beim Schreiben. Brigittes Liebesempfindungen schreien danach, aufgeschrieben zu werden. Brigittes Liebesempfindungen können nicht schweigen. Brigitte spricht in ihren Briefen von der Liebe, wie sie war (weißt du noch?), wie sie ist (so schön), wie sie sein wird (auf immer und ewig).

Aber die Liebe ist nicht mehr zu sehen. Wo ist die Liebe? Gewiss nicht bei Bert, denn bei ihm hält sie es nicht aus. Brigitte ahnt, wo die Liebe ist: Im Fernsehen!

Auch das Leben kann man im Fernsehen endlich wieder einmal betrachten. Reality-Life, Reality-Love! Im Privatfernsehen, nicht im Privatleben, das es gar nicht mehr gibt, spielt sich jeder selbst. Wenn er kann. Viele können es nicht. Wie Brigitte und Bert.

Deshalb spielen Fernsehshowspieler Brigitte und Bert, Models, die aussehen wie echte Menschen. (Ähnlichkeiten mit natürlichen Personen sind nicht zufällig!) Und am Ende der Fernsehshow, die *B & B* heißen soll, erhalten Brigitte & Bert endlich eine echte Fernsehshowwohnungskulisse und ein echtes Fernsehshowwasserbett zum Geschenk und einen echten Fernsehshowspielervertrag. Brigitte weiß, dass ihre Mutter draußen, in der Realität, Reality-TV schaut. Brigitte winkt ihrer Mutter zu, die keine der realitätsnahen Folgen des Reality-TV auslässt. Da winkt sie zurück, die stolze Frau Mama.

Die Anstrengung hat sich gelohnt! Ende gut, alles gut!
Brigitte hat es geschafft, Bert ist erschlafft!

Die nette Fernsehshowmoderatorin sagt noch schnell, dass jeder schlaffe Durchschnittspenis 14,4 Zentimeter lang ist. Und dass jeder Durchschnittsmann ab dem 14. Lebensjahr durchschnittlich 24-42 Liter Samen mit 240-420 Milliarden

Spermien ejakuliert, das sind 200-400 Millionen Spermien pro Mahlzeit, also 1/2 Teelöffel, gleich 4 Kilokalorien! Und dass jede Durchschnittsfrau ab dem 14. Lebensjahr Progesteron und Östradiol in ihren Eierstöcken ein- und damit Fettpolster in Brust und Gesäß ablagert, die beim männlichen Betrachter heftiges Begehren hervorrufen können!

Und die Hygiene?
Was passiert beim Älterwerden?
Warum ist die Hand so oft im Schritt?

So fragt das nette Fernsehshowpublikum offen. Es bleiben eben immer Fragen offen für die nächste Fernsehshow. Gute Nacht!

Und im richtigen Leben, schreibt Brigitte, verhalten Brigitte & Bert sich ein Leben lang wie in der Fernsehshow, die sie soeben verlassen haben. Im richtigen Leben leben Brigitte & Bert bis an ihr Lebensende in der Fernsehshowwohnungskulisse, die sie soeben gewonnen haben. Im richtigen Leben lieben Brigitte & Bert sich bis an ihr Lebensende auf dem Fernsehshowwasserbett, das sie soeben geschenkt bekommen haben.

Applaus!

Das ist ein gutes Ende für einen guten Liebesroman! (Wir merken an, dass Bert sich im richtigen Leben nicht wie in diesem Liebesroman verhalten wird. Also endet der Liebesroman gut und das Leben ungut! Ende der Anmerkung.)

Karlheinz weiß nicht so recht.

Ich weiß nicht so recht, sagt Karlheinz. Wie schreibe ich einen Liebesroman, der auch ein Liebesbrief sein könnte oder ein Film oder eine Fernsehshow? Vielleicht schreibe ich ein Computerspiel, das auch ein Liebesroman sein könnte, ein Liebesbrief oder ein Film oder eine Fernsehshow? Eine Damenjagd im Internet, bei der jeder Treffer mit einem virtuellen Seufzer der virtuellen Dame Petra begrüßt wird!

Oder doch eine Television? Karlheinz visioniert drei rotierende Bilderfolgen, die nebeneinander auf einem TV-Bildschirm zu sehen sind. Ein Fernsehspielautomat für den Fernsehspieler Karlheinz!

Halt! ruft Karlheinz.

Der Fernsehspielautomat hält eine rotierende Bilderfolge an. Zu sehen ist Petras Standbild.

Stopp!

Sofort stoppt die zweite rotierende Bilderfolge. Ein weiteres Standbild in Zitrusblond wird gezeigt.

Stillgestanden!

Fast steht die dritte rotierende Bilderfolge still. Karlheinz umarmt den einarmigen TV-Banditen.

Aber nicht Petra, der Hauptgewinn, lächelt Karlheinz gewinnend an, sondern Bert, die Niete! Karlheinz hält nicht Petra im Arm, sondern Bert! Karlheinz hat das Spiel verloren! In seinem Kopf rotieren die Bildfolgen bis zum Bildausfall.

Da erscheint Petra nochmals auf Karlheinzens innerer Bildfläche, eine zitrusblonde Göttin, zum Greifen nahe. Eine Pixelmasse mit Pixelmaske. Ähnlichkeiten mit einer natürlichen Person namens Petra sind nicht zufällig!

Petra ist Gast der beliebten Unterhaltungssendung *Die O. Geißel-Show,* in der der beliebte Unterhalter O. Geißel auftritt. O. Geißel verrät, dass er ein unterhaltsames Ratespiel spielen will, bei dem Petra das Studium der Theater-, Film- und Fernsehwissenschaften nutzen kann.

Wer, fragt O. Geißel mit gedämpfter Stimme, die sich mit einem Trommelwirbel paart, ist das beliebteste Liebespaar der Theater-, Film- und Fernsehgeschichte? Adam & Eva, Cindy & Bert, Ernie & Bert, Sissiromy & Karlheinzfranzl oder Romeo & Julia? Das beliebteste Liebespaar der Theater-, Film- und Fernsehgeschichte, Petra, bitte sehr?

Adam & Eva! ruft Petra atemlos aus.

O. Geißel wirbelt herum und ruft nach dem Experten im Studio. Das beliebteste Liebespaar der Theater-, Film- und Fernsehgeschichte, Herr Professor Doktor Bert, bitte sehr? Bert, der Experte im Studio, betritt das Studio.

Applaus!

Im Studiohintergrund tritt ein überlebensgroßes Porträt der bayerischen Traumprinzessin Sissi auf, dargestellt von Romy.

Applaus!

Die beliebteste Liebhaberin der Film- und Fernsehgeschichte, vormals der beliebteste Liebhaber der Theatergeschichte! ruft Bert. Aus Romeo wurde Romy, aus dem dramatischen Tragöden eine tragische Dame in einem Film, der auch eine Fernsehshow sein könnte oder ein Liebesroman. Beweis ist diese Fernsehshow! Beweis ist die dreibändige Originalromanadaption der Zelluloidversion *Sissiromy 1-2-3* im rosa Geschenkschmuckschuber! Ein Dreigroschenroman im Sparbuchformat, der auch eine Dreigroschenoper sein könnte.

Aber ein Paar ist immer zu zweit: Wo, bitte, ist der Herr der Dame? fragen alle *O. Geißel-Show*-Zuschauer wie aus einem Mund.

Die Dame ist zu haben, für Sie, meine Herren! O. Geißel offeriert die Herrenrolle: Eine Woche allein, nicht mit Sissiromy, nein, mit Prinzessin Petra im Zweiercontainer! Und das Fernsehen ist immer dabei! Schreiben Sie sich Ihre eigene Prinzenrolle, schreiben Sie sich die Rolle unter die eigene Haut, schreiben Sie Ihre eigene Hauptrolle, meine Herren!

Das lässt sich Karlheinz nicht zweimal sagen!

Karlheinz schreibt einen einmaligen Liebesroman für zwei, der auch ein Liebesbrief sein könnte oder ein Film oder eine Fernsehshow! Karlheinz verfasst einen Bestseller in der Weltsprache der Bestseller, die schon Romeo sprach. Karlheinz produziert ein Handtaschenbuch im handlichen Handy-Format mit benutzerfreundlicher Handlung. Die deutsche Kurzfassung des englischen Originals: Sie will nicht, wenn er will, wenn er nicht will, will sie. Well done, Karlheinz!

Aber Karlheinz schüttelt den Kopf, Karlheinz weiß immer noch nicht so recht, Karlheinz will keinen handlichen Handy-Roman mit benutzerfreundlicher Handlung schreiben. Karlheinz wagt einen weiteren Versuch. Karlheinz entwirft eine Traumprinzenrolle, Karlheinz nimmt Maß an sich selbst, Karlheinz schneidert für sich selbst eine Hauptrolle. Karlheinz ist Charles, auf Deutsch ein Traumprinz, ein Single, der zu zweit sein will. Auf geht's zur internationalen Single-Party im Internet, wo Single-Cindy mit Single-Bert auf einer Doppel-LP singt, wo Single-Ernie mit Single-Bert in einer Doppel-WG lebt! Wieviele englische Vulgärvokabeln gibt es für das männliche Glied? fragen Dolly & Diana im internationalen Internet. 180? 333? 999? Ruf doch mal an! Viel Glück!

Bevor Karlheinz sein Glück per Mobilfunk materialisiert, visualisiert er noch rasch eine Videofassung der englischen Handy-Romanhandlung. Dann spricht Karlheinz alle englischen Vulgärvokabeln für das männliche Glied auf die mailbox der englischen Traumprinzessin.

Aber die englische Traumprinzessin antwortet nicht!
Denn die englische Traumprinzessin gibt es nicht mehr!
Und die bayerische Traumprinzessin gibt es auch nicht mehr!

Karlheinz sucht im Internet nach einer passenden Partnerin. Passender als jede andere Partnerin ist Petra! Petra in der Rolle der Traumprinzessin, ein virtuelles Traumhochzeitskleid aus 100%iger Viskose auf den Leib gescannt!

Karlheinz & Petra steigen aus dem Internet aus. Karlheinz & Petra steigen in den Liebesroman ein. Karlheinz & Petra verlassen das Fernsehshowstudio, das realer ist als jede virtuelle Realität und realer wirkt als jede reale Realität. Karlheinz & Petra bewohnen denselben Wohncontainer wie Brigitte & Bert.

Aber Karlheinz! ruft Brigitte. Das ist mein Wohncontainer!

Karlheinz schreckt auf, Karlheinz hält inne, Karlheinz verlässt den Bildschirm, Karlheinz steigt aus dem Wohncontainer. Zurück bleibt Petra. Zurück bleibt auch Bert, der gerade aus dem Fernsehshowstudio in den Wohncontainer heimgekehrt ist. Und zurück bleibt das Wasserbett, das mit leisem Wellenschlag alle Liebenden der Welt lockt.

Das ist die Höhe! Das ist das Ende! ruft Brigitte.

Brigitte beendet den Liebesroman, der auch ein Liebesbrief sein könnte oder ein Film oder eine Fernsehshow, auf seinem Höhepunkt.

Bis hierhin und nicht weiter!

Brigitte wirft Petra aus dem Wasserbett, Brigitte beamt Petra aus dem Wohncontainer, Brigitte streicht Petra einfach durch!

9

Und im richtigen Leben vollendet Brigitte ihr Planspiel. Im richtigen Leben lässt Brigitte ab von Karlheinz. Im richtigen Leben beginnt Brigitte eine richtige Liebe mit Bert!

Das richtige Leben soll wie ein Liebesroman sein, live oder live im Fernsehen! Ein Leben wie ein Liebesroman, der auch ein Fortpflanzungsroman sein könnte mit vielen Fortsetzungsfolgen im Fernsehen!

Brigitte betritt die Redaktionsräume des *Spielplans*. Brigitte trifft hier ungebeten ein und ohne männliche Begleitung. Brigitte trifft hier unerwartet ein und auf ihr mannshohes

Spiegelbild, das ihr der Vergrößerungsspiegel Heiner entgegenwirft. Brigitte erblickt ihr mannshohes Spiegelbild und die mannshohen Spiegelbilder jener Exponate einer bekannten Möbelhauskette, die wir aus Brigittes Hochzeitstraum kennen. Stumm kniet Brigitte auf dem käsiggelben Flokatifell nieder, stumm betrachtet Brigitte den ergonomischen Bürodrehstuhl Erwin, den Glasschreibtisch Helene, den aluminiumfarbigen Deckenfluter Benjamin, den CD-Player Eisler. Bert? fragt Brigitte, aber Erwin, Helene und Benjamin antworten nicht. Wo ist Bert? fragt Brigitte, während Eisler in einer Endlosschleife die *Ballade von der sexuellen Hörigkeit* summt und ein Endlosapplaus durch den redaktionseigenen Fernseher rauscht. Hier ist Bert! ruft der beliebte Unterhalter O. Geißel, denn im Fernsehen läuft schon wieder die beliebte Unterhaltungssendung *Die O. Geißel-Show*.

Brigitte betrachtet Bert, der das Fernsehstudio betritt.
Bert betrachtet Petra, die im Fernsehstudio sitzt.

Bert ist der Hauptgewinner. Petra ist der Hauptgewinn. Brigitte ist die Niete. Auch Karlheinz ist eine Niete. Bert, der Experte im Studio, legt alle Liebesbriefe fort, die auch ein Liebesroman sein wollen oder ein Film oder eine Fernsehshow. Bert spielt die Hauptrolle neben Petra, die die Nebenrolle spielt. O. Geißel reißt die Arme hoch, das Fernsehshowpublikum applaudiert! Bravo! Petra & Bert! Das beliebteste Liebespaar der Fernsehshowgeschichte!

Das ist das Ende, das ist das Aus!
Das Fernsehshowpublikum geht nach Haus!

Auch dort ist ein Fernseher, in dem zu sehen ist, wie Petra & Bert nach Haus gehen. Petra & Bert besitzen ein Haus, das ihnen das Fernsehen geschenkt hat. Es ist ein Haus, wie man es im Fernsehen oft und gern sieht. Ein Haus, das aussieht wie ein Haus, in dem Fernsehshowspieler Fernsehshowzuschauer spielen. Ein Haus mit einer echten Fernsehshowwohnungskulisse, in der ein echtes Fernsehshowwasserbett die Fernsehshowspieler erwartet.

Aber, ruft Brigitte, das ist mein Wasserbett!

Aber die Fernsehshowzuschauer können Brigitte weder sehen noch verstehen. Brigitte ist eine von ihnen, eine von vielen. Brigitte ist anders als Petra, die keine Massenware ist, sondern ein Einzelstück, das man sehen und verstehen kann. Petra ist von einer Fernsehshowzuschauerin aufgestiegen zu einer Fernsehshowspielerin, die nicht in der ersten Reihe vor dem Fernseher sitzt (wie Brigitte), sondern auf der schwankenden Kante des Fernsehshowwasserbettes.

Das ist mir zu blöd! ruft Brigitte. Das lässt Brigitte sich nicht bieten! Da lässt Brigitte sich nicht lange bitten, einzuschreiten! Brigitte wird Petra von der Wasserbettkante fegen wie einen feuchten Kehricht!

Brigitte verlässt rasch die rostende Universität. Brigitte verzichtet auf Analytik und Methodik. Brigitte folgt nun ihrem Gefühl, nicht mehr ihrem Verstand, der unzureichend ist. Aber Brigittes Gefühl ist genauso unzureichend! Brigitte lässt sich nun von ihrem unzureichenden Gefühl lenken, nicht mehr von ihrem unzureichenden Verstand. Brigitte verlässt ungelenken Schrittes das Lehrgebäude. Brigitte will nicht mehr lernen, Brigitte will zeigen, was sie kann. Im Fernsehen. Brigitte kann sehr wenig, aber es ist genug, um im Fernsehen gezeigt zu werden. Das will Brigitte dem Fernsehen beweisen. Und Bert.

Das beliebteste Liebespaar der Fernsehshowgeschichte? Brigitte triumphiert: B & B! Zugleich der Titel des Liebesromans, den das Leben schreibt. In den Hauptrollen: Brigitte & Bert. Nebenrollen sind nicht vorgesehen.

Brigitte hat Petra in ihrem Leben mit Bert nicht vorgesehen. Petra hat bald das Nachsehen! Denn Brigitte sieht vor, den Hauptgewinn Bert zu gewinnen. Brigitte wird sich Bert, dem Rätselhaften, vorstellen. Brigitte stellt sich vor, wie sie sich jedem seiner Rätsel stellt. Brigitte repetiert in ihrer Vorstellung die Geschichten der beliebtesten Liebespaare der

Theater-, Film und Fernsehgeschichte. Brigitte moduliert in ihrer Vorstellung die Melodien der beliebtesten Brecht-Medleys. Brigitte brilliert in ihrer Vorstellung: Brigitte verstellt sich als perfekte Petra, perfekter als Petra sich jemals verstellen könnte!

Brigitte will aus der eigenen Haut fahren, um in Petras Hülle zu schlüpfen. Brigitte will nicht die sein, die Bert nicht liebt. Bert soll Brigitte als die lieben, die sie nicht ist. Denn Brigitte kann nicht um ihrer selbst willen geliebt werden, da sie weder liebenswert ist noch sie selbst. Brigitte begehrt Bert um jeden Preis. Bert ist ein heißer Preis. Auch Brigitte ist heiß. Und somit ist ihr kein Preis zu heiß für zitrusblonde Pagenkopfsträhnen, kieselblaue Kontaktlinsen, ein handbreites Miniröckchen und einen getigerten Wildlederbody.

Brigitte ist immer noch anders als Petra, obwohl sie jetzt genauso aussieht wie Petra. Brigitte ist besser als Petra!

Brigitte spielt Petra an die Wand. Brigitte spielt Petras Rolle so gut, wie Petra ihre Rolle nie gespielt hat, da Petra ihre Rolle nie so gut gelernt hat wie Brigitte. Petra ist der Testfall, Brigitte der Ernstfall. Petra ist Brigittes mangelhaftes Vorbild, Brigitte ist Petras makellose Nachbildung. Ähnlichkeiten mit einer natürlichen Person namens Petra sind nicht zufällig!

Aber was, bitte, wird aus Brigitte?

Das ist Brigitte gleich. Brigitte zuckt mit den Achseln. Auch die Frau Mama, vor dem Fernseher, signalisiert kopfnickend Einverständnis: Nur fort mit dem alten hennaroten Zopf! Nur fort mit Brigitte, dem Auslaufmodell, das für keinen Fortpflanzungsroman taugt und für keine Fortsetzungsserie im Fernsehen!

Brigitte ist eine bessere Petra als Petra selbst, die nicht sie selbst ist. Darin gleicht sie Brigitte; im übrigen gleicht Petra den zitrusblonden Damen in den Damenzeitschriften, denn Petra will so sein, wie sie nicht ist. Und sie kann es schon sehr gut, aber Brigitte kann es besser.

Die Fernsehshowzuschauer freuen sich wie besessen: Brigittes Petra ist besser als Petras Petra. Deshalb wählen die Fernsehshowzuschauer Petra einfach ab.

Denn das Fernsehen ist ein demokratisches Massenmedium. Mehr noch, es ist *das* Medium der demokratischen Massen!

Aus! Petra! Petra! Aus! Petra aus dem Haus hinaus! fordern die demokratischen Massen. Petra meint, nicht richtig zu verstehen. Aber Petras Meinung ist nicht von Bedeutung. Bedeutsam ist die Meinung der Massen!

Petra bittet um eine Sendeminute Bedenkzeit.
Petra bittet um eine Sendeminute Redezeit.
Petra bittet um eine Sendung Sendezeit.

Petra will sich mit Brigitte messen. Petra will Brigitte zeigen, dass die Messlatte hoch ist, sehr hoch! Brigitte wird gewogen und dank Dollywood-Diät für sehr leicht befunden. Sehr hoch ist das hohe Maß Petra für das Leichtgewicht Brigitte, das vielleicht bald nicht mehr zählt.

Messen, wiegen, zählen! Das interessiert jeden sportlich interessierten, wissenschaftlich aufgeklärten Fernsehshowzuschauer. Und es interessiert jede sportlich interessierte, wissenschaftlich aufgeklärte Fernsehshowzuschauerin. Brigitte wird es nicht leicht fallen, sich mit Petra zu messen. Darauf kann das Fernsehshowpublikum jetzt schon zählen! Bald davon mehr, im Vorabendprogramm!

Zuvor noch eine Statistik! Das bundesdeutsche Durchschnittsfernsehen zeigt die graphische Auswertung einer Umfrage unter bundesdeutschen Durchschnittsfrauen: 10 Prozent der über 40-Jährigen verwünschen die eigenen Kinder, 90 Prozent der unter 40-Jährigen wünschen sich eigene Kinder. Dabei gebärt die Durchschnittsfrau in der BRD nur 1,3 Mal, anstatt 1,57 Mal (Schweden), 1,71 Mal (Frankreich) oder 1,93 Mal (Irland). Und dies, obwohl ihr Durchschnittsheiratsalter derzeit bei 24,8 Jahren liegt anstatt, wie vor 8,42 Jahren, bei 28,4 Jahren. Aber der Mann ist, lt. bundesdeutscher Durchschnittsfrau, *„nie so, wie ich ihn mir in meinen Träumen wünsche"*. Deshalb zeigt das bundesdeutsche Durchschnittsfernsehen eine neue Wunschsendung: *Der Traummann.*

10

Bert ist aufgrund beruflicher Beziehungen zum bundesdeutschen Durchschnittsfernsehen der einzige Kandidat der Wunschsendung *Der Traummann.* Bert wünscht, dass die neue Wunschsendung im Anschluss an die beliebte *O. Geißel-Show* gesendet werden möge. Bert wünscht, dass seine Wohnung der Schauplatz der neuen Wunschsendung werden möge. Das bundesdeutsche Durchschnittsfernsehshowpublikum darf sich vor dem Fernseher in der eigenen Wohnungskulisse entspannen. Das bundesdeutsche Durchschnittsfernsehshowpublikum darf sich dabei zugleich vor der Wohnungskulisse entspannen, die das bundesdeutsche Durchschnittsfernsehen Bert geschenkt hat.

Hier werden Wünsche Wirklichkeit!
Hier trifft eine Traumfrau einen Traummann.
Diese Wirklichkeit ist wie ein Wunschtraum!
Hier trifft eine Traumfrau eine Traumfrau.
Diese Wirklichkeit ist wie ein Alptraum. Sie sollte so schnell wie möglich durch eine andere Wirklichkeit ersetzt werden.

Brigitte steht schon am Start, um Petra zu ersetzen. Die Petra-Darstellerin Brigitte will die Petra-Wirklichkeit substituieren. Brigitte will Petra von der Petra-Wirklichkeit subtrahieren. Das Substrat der Petra-Wirklichkeit möge verschwinden, wünscht Brigitte, die sich geschwind der Wohnungskulisse ihres Traummannes Bert nähert.

An dieser Stelle wünschen wir uns Prognosen:

Wird Brigitte Petra ersetzen?
Wird Bert Ersatzfrauen finden?
Wird Karlheinz Frauenersatz finden?

Zutreffendes ist zu unterstreichen, Unzutreffendes durchzustreichen!

(Warum erzählen wir hier nichts von Bienen & Blumen? Warum nichts von dem, das in jedem Liebesroman zu lesen wäre? Oder in jedem Frauenroman? Wir bitten Sie, weiter zu lesen ohne zu fragen, während wir mit den Hauptfiguren verhandeln und einen Hauptgewinn für Sie aussuchen, als Belohnung für Ihre Treue und Ausdauer, zum Beispiel eine Reise in die Stadt der Liebe, eine Reise nach Paris!)

Das elektronische Begleitprogramm dieses Liebesromans, das man im Internet bestellen kann, stellt zudem Foto-Software bereit, die verschiedene zitrusblonde Ausführungen des Modells Petra zum Austausch anbietet. Petra bereitet sich derweil auf den Austausch mit Brigitte vermittels sportlicher Übungen und Intelligenztests vor.

Wie klug bin ich wirklich? Dieser Frage stellt sich Petra nach 1000 Liegestützen. Die Antwort: Petras optischer IQ überragt Petras erotischen IQ, Petra ist der sorglose Typ, nicht der Typ Lila. Petra notiert noch rasch alle Buchtipps: *Wissen Sie, wie andere ticken? Wissen Sie, wie Sie andere austricksen? Schlau sein kann man lernen!* Petra übt rasch alle Übungen unter der Überschrift *Andere schlau durchschauen*, bis sie alle anderen schlau durchschaut.

Frauen, so der Frauenpsychologe, der sich jetzt ungebeten, aber nicht ungelegen in diesen Liebesroman einmischt, brauchen Bestätigung. Sie brauchen Aufgaben, die sie bestätigen. Sie brauchen Bestätigung, wenn sie sich aufgeben. Daher die kleinen Aufgaben, die ihnen Frauenpsychologen in Frauenfachmagazinen beständig stellen. Ohne diese Aufgaben gäbe es vielleicht gar keine Frauen mehr, und Frauenfachmagazine gäbe es auch nicht mehr, und Frauenpsychologen gäbe es erst recht nicht mehr!

Wir danken für dieses Gespräch! Und schalten um, um Brigittes Fortschritt weiter zu beobachten.

Brigitte schreitet fort auf dem Weg, der zu Berts Wohnungskulisse führt. Aber Bert ist nicht in seiner Wohnungskulisse. Bert ist immer noch im Fernsehshowstudio. Der Frauen-Traummann gibt der Ltd. Redakteurin einer Frauenfachfernsehsendung ein Interview, das von einer Übersetzerin für führende Frauenfachmagazine in Übersee übersetzt wird. Später werden wir erfahren, ob diese Fachfrauen Brigitte und Petra ersetzen können. Und wie Bert mit diesen Ersatzfrauen umgeht.

Vorher erfahren wir, was Brigitte widerfährt, als sie zu Beginn des Vorabendprogramms Berts Wohnung erreicht.

Brigitte klopft zaghaft an – doch sieh! Die Tür schwingt weit auf! Mit klopfendem, weit geöffnetem Herzen durchschreitet Brigitte die Wohnungskulisse, bis Petra ihr den Weg abschneidet.

Wieder stehen Freundin und Freundin einander gegenüber.

Diesmal sehen wir nicht beide einmal in einem Damentoilettenspiegel, sondern wir sehen eine zweimal in der ungespiegelten Wirklichkeit dieser Wohnungskulisse. Zwei spiegelgleiche Köpfe, aus denen eine einzige Stimme zu ertönen scheint:

Ich bin nicht deine Freundin!
ruft die Stimme.
Ich bin deine Feindin!
ruft die Stimme.
Du bist meine Feindin!
ruft die Stimme.
Ich meine, deine Feindin!
ruft die Stimme.

Und dann betrachtet die Feindin die Feindin stumm. Und dann nimmt die Feindin stumm an der Seite der Feindin auf dem schwankenden Wasserbett Platz. Und dann weint die Feindin, die vor Wut fast platzt, wie ein Wasserfall. Und dann platzt das Wasserbett unter der Last der Feindinnen, ein Wasserfall ergießt sich über die Wohnungskulisse.

Vorsicht!

Ein nasser Fußboden kann Erkältungskrankheiten hervorrufen und dauerhafte Leitungsschäden! Wir unterbrechen das Programm deshalb für wenige Minuten und senden ein wenig Musik, dazu Auszüge aus der Geräuschkulissen-CD *Nie mehr allein*. Es schnarcht, hustet, stöhnt und rülpst in der Wohnungskulisse, dieses ideale Begleitprogramm für Singles, die nicht gern allein sind, für Singles, die gern zu zweit allein wären.

Das ist einmalig!

Brigitte und Petra beispielsweise. Zwei Singles, die nicht gern allein sind. Zu zweit sind sie aber auch nicht gern. Brigitte wäre jetzt gern ohne Petra, Petra wäre jetzt gern ohne Brigitte. Brigitte rechnet: Brigitte minus Petra gleich Bert. Petra rechnet: Petra minus Brigitte gleich Bert. Die Gleichung ist glatt, gleichwohl geht sie nicht auf ohne die bekannte Größe Bert.

Aber Bert ist immer noch im Fernsehshowstudio mit Frauenfachfragen befasst.

11

Was hat sie, das ich nicht habe?

Eine der vielen Frauenfachfragen, die sich Brigitte immer wieder stellt. Zum Beispiel jetzt, da Petra ihr immer noch gegenübersitzt wie ein Zerrspiegel. Petra zerrt an Brigittes Nerven, Petra ist Brigittes Zerrbild, Petra ist zugleich ein Suchbild: Was hat Petra, das Brigitte nicht hat? Suchen wir zeitgleich mit Brigitte die Differenz zwischen Original und Fälschung!

Die Foto-Software im Internet-Begleitprogramm dieses Liebesromans ermöglicht zudem den Vergleich verschiedener Petra-Variationen mit der Version Petra von Brigitte. Für die weitere Untersuchung wollen wir möglichst viele Unterschiede anklicken. Neidfaktoren sind die Farben Zitrusblond und Kieselblau, ein Tigerbody und eine Handbreit Mini sowie die Traummaße, die einen Traummann reizen. Vermittels des elektronischen Eye-View-Monitors lassen sich die reizsuchenden Blicke des Traummannes simulieren und die mittleren und unteren Körperregionen der reizenden Traumfrauen studieren.

Die Untersuchung der Unterschiede ergibt, dass Brigitte Petra nicht unterliegt und dass Petra Brigitte nicht überlegen ist. Aber Petra muss nicht lange überlegen, wie sie Brigitte um Längen überragen könnte. Denn Petra verfügt nicht nur über Neidfaktoren, sondern auch über Machtfaktoren. Petras Machtfaktoren sind begründet durch das, was Petra macht. Daher fragt Brigitte: Was macht Petra? Eine einfache Frage, auf die eine einfache Antwort folgt: Petra macht, was Brigitte macht, denn Brigitte macht, was Petra macht. Aber Petra macht es besser! Glaubt Petra. Und Brigitte glaubt es auch.

Frauen, so der Frauenpsychologe, der sich nochmals ungebeten, aber nicht ungelegen in diesen Liebesroman einmischt, sind mächtig, wenn sie Männern etwas vormachen. Frauen sind ohnmächtig, wenn sie Männern nachlaufen. Männer, fügt der Frauenpsychologe hinzu, sehen Frauen nach, die ihnen etwas vormachen. Männer sehen sich vor Frauen vor, die ihnen nachlaufen. Petra macht den Männern vor, ihnen nicht nachzulaufen. Deshalb ist Petra mächtig. Brigitte läuft den Männern nach, ohne ihnen etwas vorzumachen. Deshalb ist Brigitte ohnmächtig.

Wir danken für dieses Gespräch!

Zur abschließenden Bewertung vergleichen wir noch ein paar innere und äußere Werte der beiden Testfrauen B & P. Der wichtigste äußere Vergleichswert ist das Taille-Hüften-Verhältnis (THV). Aber das THV ist bei Brigitte und Petra gleich! Der wichtigste innere Vergleichswert ist ungleich schwerer zu bestimmen. Ist es Intelligenz gepaart mit Selbstbewusstsein? Die Wissenschaftler winken ab: Intelligenz und Selbstbewusstsein sind nicht als vergleichbare weibliche Werte an Testfrauen erprobt worden. Bildung und Charakter? Die Wissenschaftler wissen nicht, ob Bildung und Charakter als vergleichbare weibliche Werte an Testfrauen erprobt werden könnten. Ansichten und Elternhaus? Die Wissenschaftler nicken, da Ansichten schöner Testfrauen vor schönen Elternhäusern miteinander vergleichbar sind.

Aber Brigitte und Petra haben keine schönen Elternhäuser, die miteinander vergleichbar sind! Brigitte und Petra sind nur mit Petra und Brigitte vergleichbar!

Das ist nicht schön! Brigitte protestiert gegen weitere Vergleiche von Brigitte und Petra. Brigitte protestiert gegen Petra.

Auf Brigittes Protest folgt ein weiterer Test. Die weiblichen Testpersonen sind Brigitte und Petra. Die männliche Testperson ist Bert, der jetzt aus dem Fernsehshowstudio in seinen Wohncontainer zurückkehrt. Bert, der Traummann, der die Traumfrauen B & P in seinem WC testen wird.

Bert ist überrascht und erfreut, zwei Ausführungen des Modells P in seinem WC vorzufinden. Petra ist ein seltenes Fundstück, seltener noch in zweifacher Ausführung, so selten wie siamesische Zwillinge oder Doppelkopfgeburten, die in der Regel nicht lange genug überleben, um andere zu erfreuen. Ob Bert sich an siamesischen Zwillingen oder Doppelkopfgeburten erfreuen könnte, ist ungewiss. Gewiss ist, dass er überrascht wäre, fände er siamesische Zwillinge oder Doppelkopfgeburten in seinem WC vor. Gewiss ist, dass er sich an Petra erfreuen könnte, fände er sie nicht in zweifacher Ausführung in seinem WC vor. So aber mischt sich in die Freude Überraschung, die überhand nimmt und zu Überforderung führt.

Bert, der Betrachter, fühlt sich von dem doppelten Bild der einzigartigen Petra überfordert. Bert weicht vor dem doppelten Bild der einzigartigen Petra zurück. Bert wünscht sich eine einzigartige Petra ohne doppeltes Bild.

Aber Bert! Die da ist Brigitte! ruft die wahrhaftige Petra.
Nein, die da ist Brigitte! ruft die unwahrhaftige Petra.

Bert kann die wahrhaftige Brigitte von der unwahrhaftigen Petra nicht unterscheiden. Ein Test soll es zeigen! Bert will die Testfrauen testen, um die Lüge von der Wahrheit zu scheiden. Bert will vermittels eines wissenschaftl. wertvollen Lügendetektors Petra von Brigitte unterscheiden. Bert will die Scheiden der Testfrauen Petra & Brigitte mit dem wissenschaftl. wertvollen Eye-View-Monitor testen.

Aber keine der beiden Ausführungen des Modells Petra lässt diese Untersuchung zu. Beide Testfrauen machen zu. Mein *V-Effekt* gehört mir! rufen die zwei aus zwei Mündern, die einander zum Verwechseln gleichen. Der *V-Effekt* der Frauen verwirrt den Mann! Bert verliert die Geduld, ihm ist all dies zuviel und zu wenig zugleich! Zuviel von Petra und zu wenig von Petra gleichermaßen!

Bert bittet um das rechte Maß.
Bert bittet um Ungleichheit unter den Frauen.

Bitte, Brigitte!

Aber Bert kann Brigitte nicht erkennen, da Brigitte sich nicht zu erkennen gibt. Brigitte gibt nicht auf. Denn Brigitte hat sich schon längst selbst aufgegeben! Nun hat Brigitte nichts mehr zu verlieren. Brigitte kann nur noch gewinnen. Wie Petra.

Beide Frauen wollen den Mann Bert gewinnen.
Beide Frauen verharren in weiblicher Passivität.
Beide Frauen erwarten von dem Mann Aktivität.

Bert, der Mann, ist aktiv, wenn ein hoher Gewinn auf dem Spiel steht. Bert, der Mann, ist der Gewinn, um den es hier geht. Bert, der Mann, ist aktiv, indem er ist. Das unterscheidet ihn von den Frauen, die passiv sind, um zu sein. Die Passivität garantiert die Präsenz der doppelten Petra in hohem Maße.

Das ist Bert zu hoch, das ist ihm zu maßlos. Bert möchte Petra in Maßen genießen, Bert will exquisite Kostbarkeiten! Andere betrachten Bert als exquisite Kostbarkeit. Beweis ist der Anruf einer Frauenfachredakteurin, die Bert in die *Spielplan*-Redaktion bittet, um zu klären, was unklar ist. Bert will sich nicht lange bitten lassen, Bert will sofort in die *Spielplan*-Redaktion eilen, um der charmanten Frau Fachkollegin galant zur Hand zu gehen.

Bitte, Bert, geh nicht!

Eine einfache Bitte, die die doppelte Petra aus zwei Mündern zeitgleich ausspricht. Bert ist es gleich. Er hat keine Zeit mehr. Er will sofort gehen, und bitte sehr, wenn er heimkommt, ist alles schön sauber und aufgeräumt, ja? Und Frauendoppelrollen gibt es dann auch bitte sehr keine einzige mehr, verstanden? Er will weder Petra-Brigitte noch Brigitte-Petra daheim vorfinden! Denn es ist unklar, ob Bert allein heimfinden wird. Ist das klar?!

Bert tritt mit diesem Satz ab.

Da zersplittert die doppelte Petra in zwei gleich große Scherbenhaufen.

Der eine Scherbenhaufen heißt Petra. Er blitzt und funkelt in Zornrot, Kieselblau und Zitrusblond. Der andere Scherbenhaufen heißt Brigitte. Er flimmert in trübem Henna und sackt Scherbe für Scherbe in sich zusammen. Brigitte heult, bis die Kieselkontaktlinsen aufweichen. Brigittes Maske zerläuft im Verlauf eines natürlichen Demaskierungsprozesses. (Ähnlichkeiten mit einer natürlichen Person namens Brigitte sind nicht zufällig!) Brigitte wird die, die sie nicht sein will. Brigitte wird sie selbst.

Sei du selbst, Brigitte!
Die Empfehlung ungezählter Frauenfachmagazine.
Sei du selbst!
Das Ziel ungezählter Frauenselbsterfahrungskurse.
Sei du selbst!
Das Gebot ungezählter Frauenfachkreise.
Sei du selbst, Brigitte, keine andere!

Brigitte ist verwirrt. Brigitte versteht gar nichts mehr. Brigitte hat gelernt, dass sie nicht sie selbst sein soll. Die Mama hat Brigitte erklärt, wie sie es vermeiden kann, sie selbst zu sein. Die Mama hat Brigitte nach eigenem Vorbild geformt. Brigitte hat zur weiteren Verformung weitere Vorbilder gefunden. Nun soll sie die Vorbilder durch ein Bild ihrer selbst ersetzen, das sie nicht hat.

Brigitte ist ratlos. Brigitte ist rastlos. Brigitte will sich selbst mit Rat und Tat zur Seite stehen. Deshalb bohrt Brigitte nach einem Rest von Gefühl in sich selbst. Vergeblich. Brigitte ist angefüllt mit falschen Vorstellungen. Brigitte weiß nicht weiter.

Alles, was Brigitte weiß, ist, dass sie Petra nicht mehr leiden kann. Brigitte will alles, nur nicht so sein wie Petra. Brigitte will nicht mehr wie Petra aussehen. Fort mit dem Tigerbody, fort mit den Kieselblauen, fort mit den Zitrusblonden! Petras Rezept ist ungenießbar. Beweis: Bert, der Genussmensch, ist fort!

Auch Brigitte will Petra nicht mehr sehen, auch Brigitte will gehen. Fort, nur fort, Brigitte! sagt Brigitte zu sich selbst.

Flucht ist keine Lösung, Brigitte!

Aber Brigitte will nicht mehr Petras nachgebildetes Ebenbild sein. Brigitte macht nicht mehr mit. Brigitte steigt aus. Brigitte zieht den Hut, auf Nimmerwiedersehen! Brigitte winkt uns aus dem Ausgangsbereich des Wohncontainers zu. Brigitte will keine Leitfigur mehr sein. Brigitte will nicht mehr und nicht weniger sein als die Light-Figur Brigitte. Das ist wenig. Daher klammert Brigitte sich an ihre Magisterarbeit, an ihre Mama und an den Mann Bert, der es sich unter ihrem verfärbten Schopf bequem machen darf.

Bis hierhin und nicht weiter! ruft Brigitte uns aus weiter Ferne zu. Sie ist kaum noch zu erkennen, selbst im Fernsehen ist sie nicht mehr zu sehen. Brigitte hat sich den Tendenzen dieses Liebesromans widersetzt, ein psychologischer Entwicklungsroman zu werden. Brigitte verzichtet auf Tendenzen, Psychologie und Entwicklung, danke, nein! Brigitte eilt davon, schon ist sie fort.

Übrig bleibt Petra.

12

Petra sitzt noch immer im Wohncontainer. Ihre kieselblauen Augen sprühen kleine Blitze, ihr Hirn ist scharfgestellt.

Petra ist eine Gewinnerin. Petra ist keine Verliererin.

Petra wird den Verlust als Gewinn verbuchen: Petra war so frei, sich nicht an Bert zu binden. Petra ist ungebunden und somit frei für eine Ausbildung zur Krankengymnastin und für eine Familie. Das ist besser als jedes Studium der Theater-, Film- und Fernsehwissenschaften!

Petra wünscht sich einen Bubi im kieselblauen Strampler und ein Mädi mit zitrusblonden Löckchen.

Petra ist im Traum wunschlos glücklich. Petra lächelt so glücklich wie alle jungen Mütter in den Fachzeitschriften für junge Mütter. Glücklich lächelnd wiegt Petra ihre Kleinen in den krankengymnastisch bewährten Armen. Der Familienvater ist nicht im Bild, denn er ist im Büro oder irgendwo, wo er brav den Unterhalt für Petra und die Kleinen erwirtschaftet. Bravo! Petra verdient noch ein wenig Geld durch die Krankengymnastik dazu, nur so zum Spaß, für die Urlaubsreise zum Beispiel, und weil ihr die Krankengymnastik Spaß macht, fast genauso viel Spaß wie die Kleinen, wie niedlich die sind!

Petra? Petra!

Petra sitzt noch immer im Wohncontainer. Petra öffnet ihre kieselblauen Augen, Petra traut ihren kieselblauen Augen kaum: Vor ihr steht ein Traummann, vor ihr steht Karlheinz!

Karlheinz sagt, ich liebe dich.

Karlheinz sagt diesen Satz, weil er ihn oft in ähnlichen Situationen gesagt hat. Karlheinz hat diesen Satz oft in ähnlichen Situationen gehört und gelesen, im Kino, im Fernsehen, in Liebesromanen. Karlheinz ist sich seiner kulturellen Prägungen selten so sicher wie in diesem Augenblick. Karlheinz sagt diesen Satz, weil er im Drehbuch des dreiteiligen Filmmelodrams *Sissiromy 1-2-3* steht, das gerade im Fernsehen zu sehen ist.

Karlheinz ist der Schauspielerkaiser Karlheinz Böhm, und dieser Satz, ich liebe dich, ist einer der wenigen Sätze, die Karlheinz sich ohne Not merken kann. Den anderen Satz, den Karlheinz sich ohne Not merken kann, spricht er im weiteren sofort aus.

Denn es sind zwei Sätze, die Karlheinz zu sagen hat, höre, Petra, zwei Sätze, von denen Millionen Frauen diesseits des Fernsehers lebenslänglich träumen.

Der erste Satz ist eine Mitteilung.
Karlheinz teilt mit: Ich liebe dich.
Der zweite Satz ist eine Frage.
Karlheinz fragt: Willst du meine Frau werden?

Zwei Sätze, die aus der Sicht der höfischen Liebe Gegensätze sind. Auch die Prinzessin Sissiromy ist gegen diese Sätze. Nein! Nie! Nie! ruft sie im Film. In Sophie von Zanardis dreibändiger, im rosa Geschenkschmuckschuber vorliegender Originalromanadaption der Zelluloidversion, in die wir kurz einen prüfenden Blick werfen, denkt die Prinzessin wörtlich: *Oh nein, nein, nein!*

Die Liebe soll an dieser Stelle das Wort erhalten, denn um sie geht es, dreimal 100 Filmminuten lang, eskortiert von den drei limitierten Taschenbüchern der Sophie von Z. Aber nicht die romantische Liebe, sondern die höfische Liebe wollen wir zu Wort bitten, da sie gemeinsam mit der ehrgeizigen Erzherzogin Sopherl (nicht zu verwechseln mit der ehrgeizigen Erzautorin Sopherl) seit einer halben Filmstunde das Haupt schüttelt. Dazu knattert das Erzsopherl wie ein noch zu erfindendes doppelläufiges Maschinengewehr einen Text herunter, der von Dynastien, spanischem Hofzeremoniell und dem Reich der Habsburger handelt. Karlheinz in der Rolle des Erzkaisers Franzl hat auch ein Haupt, das er schütteln kann. Er besteht auf seiner Amore und schüttelt die höfische Liebe einfach ab. Aber als die Amore ihrerseits das amorgepfeilte Haupthaar schüttelt, freut sich die höfische Liebe frech.

Nein! Nie! Nie! Nimm Nené! ruft Sissiromy. (Nené ist, wie Petra erfährt, der Kosename der Kronprinzessin Helene.) Nein! Nie! Nie Nené! Petra ist gegen diese Verbindung und gegen die höfische Liebe, die einfach niedergeschrien wird. Aber Sissi! Sei doch vernünftig! ruft Petra gemeinsam mit Karlheinzfranzl aus. Franzl ist fesch! träumt Sissiromy in Träumen, die die höfische Liebe füsiliert. Fesch ist Karlheinz! träumt Petra in Träumen, die die romantische Liebe souffliert.

Ende und Aus!

Petra schlägt die Augen auf. Petra sitzt noch immer im Wohncontainer. Das wird sich ändern. Petra wird ihr Leben ändern. Petra wird den anderen Mann nehmen, nicht Bert, sondern Karlheinz. Petra will Karlheinz anrufen, sie greift zum Telefon.

Aber da ist ja Karlheinz, im Fernsehen! Nicht der Schauspielerkaiser Karlheinz, sondern der andere Karlheinz, dessen Leben Petra ändern will.

Aber Karlheinz hat sein Leben schon geändert! Alles ist anders, sagt der andere Karlheinz zu dem Fernsehmoderator der Fernsehsendung *Ich ist ein Anderer*, in der Menschen vorgeführt werden, die anders sind als alle anderen. Karlheinz berichtet von seinem Leben, das nun anders ist als das Leben anderer. Karlheinz berichtet von seinem Leben mit einem anderen Mann, der anders ist als andere Männer, genau wie er!

Frauen und Männer sind verschiedene Menschen, sagt Karlheinz. Das ist unbefriedigend. Männer und Männer sind gleich, selbst wenn sie anders sind als andere Männer. Das ist befriedigend, sagt Karlheinz, der zum Schluss der Sendung noch schnell ein Passbild seines Partners vorzeigt.

Petra sitzt noch immer im Wohncontainer. Petra hat ihr Leben noch immer nicht geändert. Petra versucht zu verstehen, dass Karlheinz sein Leben geändert hat. Es fällt ihr schwer, das sieht man ihr an.

Aber Petra! Du selbst hast Karlheinz fortgeschickt! Du selbst hast Karlheinz nahegelegt: Ändere dich!

Gesagt, getan. Karlheinz ist Petra untertan. Karlheinz hat sich geändert, nun ist er anders als andere Männer. Petra kann nun einen anderen Mann ändern.

Ja, Petra will sofort einen anderen Mann ändern und ihr Leben dazu. Petra will den Familienvater ihres Lebens finden inkl. Kinder & Krankengymnastik. Petra kann das andere Leben nicht in diesem Wohncontainer finden, nicht im Fach Theater-, Film- und Fernsehwissenschaften, nicht in der *Spielplan*-Redaktion. Da muss sie gar nicht erst lange suchen. Petra will ein anderes Planspiel spielen!

Aber dafür haben wir hier leider keinen Platz, Petra!

Petra will in einem anderen Liebesroman Platz nehmen, ein bequemer Sessel soll es diesmal sein, nie wieder so ein harter Holzstuhl! Petra wird ihr Planspiel in einem anderen Liebesroman spielen. Petra will ihr Leben in dem Liebesroman *Der Spielplan* vergessen in einem anderen Leben, das in einem anderen Liebesroman spielen soll, der anders ist als alle anderen Liebesromane und besser.

Alles wird gut!

Petras Wangen sind zornrot, die Kieselaugen funkeln unter dem Zitrusblond. Petra geht. Petra verlässt diesen Liebesroman festen Schrittes. Petra will diesen Liebesroman nie wiedersehen. Auf Nimmerwiedersehen!

Alles Gute, Petra!

Nur das Fernsehen bezeugt noch Spuren menschlichen Lebens in dem menschenleeren Wohncontainer. Gerade gibt es im Frauenprogramm ein Wiedersehen mit dem bekannten Frauenhelden Bert. Bert gibt einer bekannten Frauenfachredakteurin ein Interview, das eine bekannte Übersetzerin für Fachfrauen in Übersee übersetzt. (Wiederholung!)

13

Mit dieser Wiederholung beginnt der zweite Teil dieses Liebesromans, der ein Doppelroman im handlichen Handy-Format ist, weil hier & jetzt zwei neue Hauptdarstellerinnen in Doppelrollen mitspielen: Die jungen Frauen Brigitte & Petra treten ab, die Neuen Frauen Emma & Marie-Claire treten auf – sie sind nicht mehr sehr jung, aber oho! Denn die Neuen Frauen sind Frauen und Fachfrauen in einer Person. Emma ist eine Frauenfachredakteurin und Marie-Claire ist eine Übersetzerin für Fachfrauen in Übersee. Die Neuen Frauen sind oft im Fernsehen zu sehen!

Guten Tag, Emma! Guten Tag, Marie-Claire!

Emma und Marie-Claire haben Traumberufe, aber keine Traummänner. Und sie haben dasselbe Drama des ungezeugten Kindes im Kopf wie einst ihre Mütter und ihre Großmütter, denn sie haben dieselben Fortpflanzungsorgane wie einst ihre Mütter und ihre Großmütter.

Aber Emma und Marie-Claire sind doppelt so alt wie ihre Mütter und Großmütter einst waren, als sie Mütter wurden!

Das ist das Neue an den Neuen Frauen: Sie sind doppelt so alt wie ihre Mütter und Großmütter einst waren, als sie Mütter wurden, wenn sie Mütter werden wollen. Fortpflanzung ist für Emma und Marie-Claire eine schwierige, wenngleich nicht unmögliche Lebensaufgabe. Emma und Marie-Claire wollen das Leben weitergeben, sie wollen es nicht aufgeben.

Emma und Marie-Claire sind überdies doppelt so alt wie Brigitte und Petra, die ebenfalls Mütter werden wollen. (Emma und Marie-Claire sind übrigens genauso alt wie Brigittes Mutter einst war, als sie Brigittes Mutter wurde, damals, als es fast für immer zu spät dafür war. Daher treibt Brigittes Mutter Brigitte an, früher Mutter zu werden als sie selbst und als Mutteranwärterinnen wie Emma und Marie-Claire, für die es schon fast für immer zu spät ist, Mutter zu werden.)

Die jungen Frauen wollen nicht so werden wie die Neuen Frauen, sie wollen so werden wie die alten Frauen, die Kinder hatten, aber keine Arbeit. Brigitte und Petra wollen kein doppeltes Spiel spielen wie Emma und Marie-Claire es in diesem Doppelroman planen. Die Neuen Frauen sind doppelt so alt wie die jungen Frauen, aber sie sind nicht doppelt so weise. Sie beweisen nur, dass sie arbeiten können wie ein Mann. Das ist anstrengend, aber notwendig, denn die Neuen Frauen müssen arbeiten wie ein Mann, wenn sie ein Kind haben, aber immer noch keinen Mann.

Denn Neue Männer sind für die Neuen Frauen nirgendwo zu sehen. (Auch die Liebe zeigt sich zur Zeit nicht. Was wird aus diesem Liebesroman ohne Liebe? Vielleicht ein Fortpflanzungsroman mit vielen Fortsetzungsfolgen im Fernsehen?)

Nur Bert ist immer noch hier zu sehen, er ist immer noch der alte, ein Frauenhasser und ein Spieler in einer Person, zugleich der Herausgeber des *Spielplans*, in dessen Redaktion er eilt, während er zeitgleich im Fernsehen zum wiederholten Mal den Frauenhelden spielt. (Wiederholung!)

Der Hass schläft tief, als Bert sich der *Spielplan*-Redaktion nähert, als Bert die Dienst- und Geschäftsräume des Faches Theater-, Film- und Fernsehwissenschaften im Untergeschoss der traditionslosen Universität durchquert. Da rückt im Halbschatten einer betonierten Treppenflucht eine weibliche Rückenansicht in Berts Blickfeld. Bert stellt den Blick scharf, Bert stellt der Frau nach, die Frau dreht sich um. Der Hass erwacht mit einem Schlag. Und stürzt sich auf die Frau Frauenfachredakteurin, auf die Ltd. Redakteurin einer führenden Frauenfernsehsendung. Fast hätte Bert Emma nicht erkannt, nicht von hinten, nicht von vorn, denn im Fernsehen sieht sie anders aus. Besser. Der Hass grinst und schweigt.

Ich freue mich, Sie begrüßen zu können, sagt Bert, er fletscht vor Freude die Zähne.

So beginnt eine Konversation, wie wir sie aus vielen Fernsehsendungen kennen. Aber Emma und Bert sind jetzt nicht im Fernsehen zu sehen, sondern in der betonharten, halbschattigen Realität einer traditionslosen Universität. Hinter Emmas Bifokalbrille blinzelt's. Blinzelt's Bert zu. Fast hätte Emma Bert nicht erkannt, nicht von hinten, nicht von vorn, nicht sofort, denn im Fernsehen sieht er anders aus. Besser.

Emma stellt den Blick scharf, Emma blinzelt. Emma, das Schattenwesen, blinzelt der Lichtgestalt Bert zu. So beginnt diese Konversation, die wir aus einer Fernsehsendung kennen könnten. Sie beginnt, wie so viele Konversationen, mit einem Missverständnis. Emma blinzelt, Bert blinzelt zurück. Der Hass grinst. Eine ist besser als keine. Aber, ruft Emma innerlich, so eine bin ich nicht!

Ich freue mich, Sie begrüßen zu können! ruft Emma äußerlich, sie fletscht vor Wut die Zähne. Denn dieser Satz gehört nicht Bert, er gehört Emma. Emma sagt diesen Satz täglich im Frauenfernsehen. Mit diesem Satz beginnt Emmas tägliches Frauenfernsehprogramm. Mit diesem Satz beginnt hier & jetzt der Kampf zwischen Frau & Mann.

Emma ist 40, genauso alt wie Bert. Bert sieht älter aus, aber Bert ist (laut Bert) zweifelsfrei im besten Alter, während Emma (laut Bert) älter wirkt als wünschenswert. Das beweisen (laut Bert) der Faltenwurf der Haut und das Aschgrau des Haars, die beim Mann (laut Bert) Zeichen reifer Männlichkeit, bei der Frau Zeichen reizlosen Makels sind.

Bert, der Makellose. Emma, die Mangelhafte. (Krause Dauerwellen, aschig, schwarzer Leinenkittel, formlos, hinter der Bifokalbrille blinzelt's Bert immer noch zu.)

Bert beschließt, da eben keine andere da ist, eben diese da zu verführen, so gut oder schlecht wie jede andere. Bert führt die Redakteurin in die Redaktionsräume des *Spielplans*, um sie zu verführen. Und die Redakteurin lässt sich in die Redaktionsräume des *Spielplans* führen.

Frauen und Männer sind verschiedene Menschen, aber sie müssen nicht immer verschiedener Meinung sein.

Aber Emma und Bert sind nicht immer einer Meinung. Beispielsweise ist Bert, der Verführer, dafür, sofort zur Tat zu schreiten, ohne den umständlichen Umweg über das Wort einzuschlagen. Aber Emma kennt viele Wörter und sie gebraucht sie gern und häufig und ohne Unterbrechung durch eine Tat. Jetzt will Emma über die Theater-, Film- und Fernsehbranche reden:

Herr Bert, bitte sehr!

Bert ist seit vielen Jahren in der Theater-, Film- und Fernsehbranche erfolgreich und er redet gern und oft darüber, aber nicht jetzt. Bert ist ein Täter, kein Redner. Emma will auch über die Redaktionsarbeit reden:

Bitte sehr, Herr Bert!

Bert ist ein Ltd. Redakteur, der anderen die Redaktionsarbeit überträgt. Bert ist ein Leitstier, kein Arbeitspferd! Emma will zudem über sich selbst reden, aber sie kommt nicht zu Wort. Denn Bert kann da nicht mitreden. Er kann nur über sich selbst reden, aber dafür ist jetzt nicht der richtige Zeitpunkt.

Jetzt ist die Stunde der Verführung!

Bert, der Verführer, versucht, den Mund der Frau mit einem Kuss zu schließen. Aber die Frau schließt den Mund nicht. Diese Frau ist nicht auf den Kopf gefallen und auch nicht auf den Mund, denkt Bert. Was geht im Kopf dieser Frau vor, die den Mund nicht schließen will? fragt Bert.

Wir wollen versuchen, Berts Frage zu beantworten.

Zu diesem Zweck horchen wir in das Hirninnere der Protagonistin Emma hinein. Uralte Sprachschichten bergen die Urbotschaft der Wörter, die das geistige Zentrum der Sprechenden verlassen. Es sind die Sprachen, die unsere Urmütter vor Urzeiten erfunden haben. Es sind die Ursprachen, in denen unsere Urmütter vor Urzeiten unseren Urahnen Urtümliches erzählt haben. Es sind die Ursprachen, die unsere Urmütter unseren Urahnen zusammen mit der Urmuttermilch eingegeben haben. Im urtümlichen Urbewusstsein der Frau sind Liebe & Laute eng miteinander verbunden. Daher sprechen Frauen viel und gern, wenn sie lieben. Selbst, wenn sie sich selbst lieben. Wie beispielsweise Emma. Und Männer hören ihnen ungeduldig und ungern zu. Oder gar nicht. Wie beispielsweise Bert.

Hörte Bert Emma gern und geduldig zu, könnte er einiges über Emma erfahren. Aber Bert will nichts über Emma erfahren. Bert will in Emma hineinfahren wie ein Blitz. Bert will Emma treffen wie ein Schlag aus heiterem Himmel. Bert will, dass Emma ihn anhimmelt, wenn er blitzt und zuschlägt wie der zeugungsmächtige Gott Zeus! Uralte Mythen berichten von Blitzschlag, Macht & Zeugung! Bert ist belesen, das kann er beweisen. Blitzschnell hat Bert sein Zeugnis vorgelegt. Jetzt steckt er es wieder in die Tasche. Genug geredet!

Aber der Frau genügt's nicht. Die Frau will mehr. Und weniger zugleich.

Emma ist eine Frauenfachfrau, sie liebt Frauen, die so sind wie sie selbst. Emma liebt keine Männer, denn Männer sind anders als sie selbst. Kaum, dass man sie Menschen nennen kann! Männer sind große Kinder, das ist bekannt. Emma will kein großes Kind, auch kein bekanntes großes Kind. Danke, nein! Aber ein unbekanntes kleines Kind, das wäre fein, ein echtes kindliches Kind, aus dem man einen echten Menschen machen kann, vielleicht sogar einen Neuen Mann.

Spätgeburt, ungefreit!

Das ist es, was ich will, denkt Emma. Emma ist nicht weise, aber sie weiß, was sie will. Nur ein kleines bisschen Sperma will Emma von dem Frauenfachmann Bert. Nicht weniger, aber auch nicht mehr. Wie kann sie es ihm nehmen, ohne ihm etwas zu geben?

Die Antwort ist einfach: Emma wird den Mann ausnehmen, sie wird sich den Mann einverleiben, die unverdaulichen Reste speit sie wieder aus. Mahlzeit! Mal sehen, ob ihr dieses Mahl schmecken wird. Die Frau folgt einer uralten Weisheit, die in einer der tiefsten Schichten ihres Zentralhirns, im Gottesanbeterinnenhirn, eingemeißelt ist. Der Mann wird nicht mehr zu erkennen sein, weil er ein Fleisch geworden ist mit der Frau. So will es ein ehernes Gesetz, und die Frau sagt „ja", sie will es auch so. Aber Bert sagt nicht „ja" zu dem ehernen Gesetz, Bert will nicht ein Fleisch sein mit der Frau, er will sich an dem Frauenfleisch erfreuen und dann seiner Wege gehen. Bert will sich nicht von der Frau einverleiben lassen, erst recht nicht in fruchtbaren Kleinstteilen. Bert will den Frauenleib, mehr nicht.

Frauen und Männer sind verschiedene Menschen und oft verschiedener Meinung. Das wird an dieser Stelle nochmals deutlich.

Der Mann will Befriedigung ohne Befruchtung, die Frau will Befriedigung durch Befruchtung. Bert will sich befriedigen lassen, ohne Emma zu befruchten. Emma will sich befruchten lassen, ohne Bert zu befriedigen. So ist das Verhältnis unvollkommen, unbefriedigend und unverständlich für Bert, den Mann.

Und die Frau ist für Bert ein ungelöstes Rätsel, eine Sibylle des deutschen Westens (nicht zu verwechseln mit dem einzigen Frauenfachblatt des einstigen deutschen Ostens), wie sie vor ihm steht, das Haar gelöst, das Herz vernarbt, ein Haarband in Händen und einen Band mythologischer Dramen aus der redaktionseigenen Bibliothek, das Restexemplar eines Verlagsüberschusses, in Plastikfolie eingeschweißt. Athene & Artemis in Personalunion, Göttin des Krieges und der Fruchtbarkeit, die einem Opferlamm wie einem Olympiarekord nachstellen will in allerhöchsten Höhen, wo es gute Luft gibt, aber keine Liebe. Eine kampferprobte Amazone ist sie, das Fleisch ihrer Lippen leuchtet in zartem Rosa. Der Mann will nur das Zartrosa der Frau. Nicht weniger, aber auch nicht mehr! Bert ist kein Opferlamm, Bert ist ein Leitstier! Auf dass Emma es endlich begreift!

Da greift der Hass endlich nach ihr, aber sie wehrt ihn ab mit dem Band mythologischer Dramen. Die Schweißnaht der Plastikhülle reißt – und sieh! das Buch enthüllt unter dem Buchstaben *B* wie *Blitzschlag* Wissen in Fülle.

Wer „B" sagt, muss zuerst „A" sagen, sagt Bert. Zuerst kommt der Anfang, der schreibt sich mit „A", sagt Bert.
Am Anfang war die Tat, sagt Bert bildungsbeflissen.
Im Anfang war das Wort, sagt Emma bibelbelesen.

Leider hilft der Band mythologischer Dramen an dieser Stelle nicht weiter, und eine Bibel gibt es in der *Spielplan*-Redaktion nicht. Bert ist überdies entschlossen, Schluss zu machen mit dieser Megäre. Denn diese Frau weiß alles, sie will nicht mehr lernen, sie will, dass der Mann weiß, dass sie weiß, dass er gar nichts weiß. Ein Warner, ein Mahner könnte sie aufhalten ihn ihrem Wahn, den Mann belehren zu wollen:

Das ist der Anfang vom Ende, Emma, noch bevor du mit dem Mann etwas angefangen hast! So wirst du den Mann nicht fangen! Denn der Mann will nicht lernen. Er weiß, dass er gar nichts weiß, und er will, dass andere es nicht wissen! Mehr nicht.

Bert ist beispielsweise unvertraut mit Klassikern der Prämoderne. Bert versteht beispielsweise die Metaphorik der klassischen Mythologie nicht. Bert will beispielsweise kein postmoderner Minotaurus sein, der durch das Sprachlabyrinth dieser Frau irren muss. Bert ist ein Leitstier, er leidet unter den Worten dieser Frau, dieser falschen Sirene und dieser falschen Ariadne in einer Person! Bert kann keinen roten Faden in diesem doppelläufigen Liebesroman ausmachen, sondern nur einen gordischen Knoten, den er mit einem Schlag zerteilt. Bert will sich nicht von der Frau fassen lassen. Lieber verlässt Bert die Frau.

Adieu!

14

Bert verlässt sich auf die Fremdsprache, um der Sache Herr zu werden. Herr Bert ist nun Monsieur Bert!

Bonjour, Bert!

So der Originalton Marie-Claires, die die *Spielplan*-Redaktion betritt. Marie-Claire und Bert haben sich im Fernsehstudio nicht übersehen. Flüchtig sind sie aneinander vorbeigeflogen, zwei Vögelein gleich. Jetzt können sie ein Nest bauen, wenn sie wollen. Marie-Claire hat schon ein paar Nestbauanleitungen für führende Fachfrauen in Übersee übersetzt.

Marie-Claire ist 40, genauso jung wie Bert. Marie-Claire will zeitlos jung bleiben und schön: Pechfarbenes Haar (gefärbt) lockt sich über der gebauschten Bluse (gestärkt), auf der vier zartrosa Buchstaben (gestickt) zu sehen sind (LOVE). Marie-Claire glaubt an die Große Liebe, immer noch. Marie-Claire sehnt sich immer noch nach der Großen Liebe.

Aber die Große Liebe ist nirgendwo zu sehen. Nur der Hass ist immer noch hier. Und er ist hungrig, sehr hungrig.

Marie-Claire sehnt sich überdies nach einem Leben zu zweit. Marie-Claire ist allein, obwohl sie zwei Namen hat. Marie-Claire hat einen Doppelnamen, aber kein Doppelleben. Marie-Claire sehnt sich nach einer Verbindung. Marie-Claire schreibt ihren Namen mit Bindestrich wie viele Frauen ihres Alters, die sich für immer gebunden haben. Aber Marie-Claire ist ungebunden, immer noch. Marie-Claire ist immer noch frei für eine Verbindung mit einem Mann. Marie-Claire ist frei für Bert.

Marie-Claire ist erstaunt und erfreut zugleich, Bert eine der zahlreichen Sprachen sprechen zu hören, die sie im eigenen Zentralsprachspeicher abgespeichert hat. Bert ist erstaunt und erfreut zugleich, Marie-Claire in der *Spielplan*-Redaktion zu sprechen. So kann er sich ein teures Telefongespräch ersparen. Angenehm ist zudem, dass Marie-Claire nicht nur Fremdsprachen spricht, sondern auch die deutsche Sprache, in der Bert sich gewöhnlich ausdrückt. (Noch sucht er die Wörter, die er im olympischen Wortgefecht mit Emma verloren hat.)

Die Redakteurin sitzt auf verlorenem Posten in der Redaktionsbibliothek, die alten Dramen im Schoß und im Kopf eine Neue Idee, den Mann einzufangen. Emma will die Wörter aus dem Labyrinth fegen, Emma will den Leitstier in ihr leeres Labyrinth locken. Ohne Liebe, aber mit List.

Emma will nicht offen sein für Bert, Emma will offen scheinen für Bert! Zuvor will sie die Neue Frau vertreiben, die offenbar zum Zeitvertreib in der *Spielplan*-Redaktion bleiben will. Aber Bert will dies offenbar auch, denn schon bietet er Marie-Claire französische Leckereien an, was Emma sauer aufstößt.

Bert will die Neue Frau beherrschen wie eine Neue Muse. Bert ist dionysisch, nicht apollonisch! Bert, der Beherrscher der Musen, kann sich kaum noch beherrschen! Bert muss die Neue Muse anstieren wie ein Leitstier und dabei wiedergefundenes Wortmaterial ohne Sinn und Reim herunterleiern!

Aber Bert! Du hast das falsche Symboltier gewählt! ruft die unbelehrbar gelehrte Emma vom unfreiwillig gewählten Zuschauerplatz aus. Sei wie ein Ibis, wie ein Pavian! Wie ein Gott der Weisheit, der Fruchtbarkeit! Emma ist belesen, das kann sie beweisen. Blitzschnell legt sie ihr Zeugnis vor. Mythologie: Sehr gut. Männerkenntnis: Ungenügend. Setzen!

Aber Emma setzt sich nicht, Bert setzt sich. Emma schreitet voran, durchschreitet festen Schrittes die Redaktionsräume des *Spielplans*. Sie geht, aber sie kommt wieder. Das sagt sie sich innerlich. Äußerlich sagt sie deutlich auf Deutsch: Auf Wiedersehen. Adieu, sagt Marie-Claire, die Emma nicht wiedersehen will. Adieu, sagt auch Bert, der Emma auch nicht wiedersehen will. Marie-Claire & Bert sind also einer Meinung.

Emma teilt diese Meinung nicht. Aber das teilt Emma nicht mit. Emma will Bert bald wiedersehen. Deshalb will Emma jetzt gehen. Nähe wird nur aus der Distanz gewünscht, Entfernung nur durch Sehnsucht überwunden, denkt Emma. Soll doch Marie-Claire bei Bert bleiben! Dann wird Bert Marie-Claire vertreiben! Dort, wo der Pfeffer in großen Mengen wächst, wird Marie-Claire verschimmeln!!! Emma denkt sich zu diesem Zweck irgendeinen Übersetzungsauftrag in irgendeinem Überseeland aus!

Adieu, Marie-Claire! Auf Nimmerwiedersehen!

Aber wieder weiß Emma etwas, das Bert nicht weiß. Bert will Marie-Claire nicht vertreiben. Im Gegenteil: Bert befriedigt, dass Marie-Claire bleibt. Bert will seine Befriedigung Marie-Claire mitteilen, er will seine Befriedigung mit Marie-Claire teilen. Wie oft in solchen Situationen gibt es auch hier & jetzt Mitteilungsprobleme.

Marie-Claires helle Augen erhellen Berts Hirn keineswegs. Der Mann weiß nicht, wie er der Frau sein Bedürfnis mitteilen soll. Er versucht es vermittels der Körpersprache, die bekanntlich bei Frauen und Männern verschieden ausgeprägt ist. Aber Marie-Claire übersetzt geschickt Berts ungeschickte Bewegungen. Marie-Claire positioniert Bert in die richtige Position, so dass er sich einfach fallen lassen kann. Unten liegt Marie-Claire, die ihn weich auffängt. Voilà!

Das hat Marie-Claire in Paris gelernt, der Stadt der Liebe. Und noch etwas hat Marie-Claire in Paris gelernt: Die Liebe ist mal frivol, mal hopphopp, mal *Merci mon amour et au revoir.* Eine Kleine Liebe, eine Liebe wie ein gut geschüttelter Cocktail. Ein anderes Mal ist die Liebe mystisch, orgiastisch, überflutend, berauschend, beglückend, zum Sterben schön. Diese Liebe ist die Große Liebe. Diese Liebe nennt man in der Stadt der Liebe den Kleinen Tod.

Marie-Claire ist bereit, den Kleinen Tod zu sterben, um die Große Liebe zu erleben. Spätgefreit, nie gereut! Die Große Liebe mit Bert, bittebitte! bittet Marie-Claire. Aber die G.L. ist nicht kostenlos. Wieviel? fragt die G.L. fernmündlich aus Übersee an. Marie-Claire gibt an, sie sei bereit, sich selbst aufzugeben. Das ist zu wenig! Marie-Claire erklärt, sie wolle die Art erhalten.

Spätgeburt, nie gereut!

Das ist es, was ich will! ruft Marie-Claire. Mit & ohne Große Liebe! Die G.L. legt grußlos auf.

Aber Marie-Claire gibt nicht auf, im Gegenteil, auf geht's nach Übersee, auf geht's zur Großen Liebe! Marie-Claire öffnet die Schleusen, stößt ins Horn, läutet die Glocke zur Fahrt über das tosende Wasser! Marie-Claire rast mit Bert über tausend Wogen. Bert steuert sein Boot durch die brausende Brandung, bald treibt es kieloben auf der rauschenden Dünung. Da schlagen die schäumenden Wellen über Marie-Claire und Bert zusammen! Marie-Claire und Bert taumeln von Strudel zu Strudel, bis die zischenden, spritzenden Wasser sie hinunterziehen in eine dunkle Tiefsee. Marie-Claire und Bert können einander nicht mehr sehen in der Dunkelheit des Meeres, sie können einander nicht mehr riechen, sie können einander nur noch fühlen. Marie-Claire und Bert klammern sich aneinander, Marie-Claire und Bert sind nicht mehr voneinander zu unterscheiden. Ein festverschnürtes Frischfleischpaket, das auf den Meeresgrund sinkt und mit der nächsten Tiefsee-Explosion hoch über die Wogen und hinein in das Blau des siebten Himmels geschleudert wird.

Achtung! Wir beobachten den vierfachen Anstieg der Atemfrequenz! Achtung! Zwei Herzen schlagen schneller, Schweißdrüsen öffnen sich, Fortpflanzungsorgane schwellen an! Achtung! Schon schießt der Mann seine Ladung in die dunkle Weite des weiblichen Kosmos. Und sofort beginnt der Krieg der Spermien: Während im inneren Kreis um das Ei gekämpft wird, fahnden in den Randzonen gefährliche Killerspermien nach möglichen, möglicherweise gefährlichen Fremdspermien. Zur selben Zeit will sich der Spermienproduzent vom Ort der Handlung entfernen, denn um sich selbst möglichst vielfach zu reproduzieren, bevorzugt er möglichst viele, möglichst monogame Frauen.

Bert sucht nur noch nach der Fassung, die er verloren hat. Bert ist ein ungefasster Rohdiamant, verborgen in der Tiefe eines solariumbraunen Frauenleibs. Vorsichtig erkundet er das Terrain.

Hallo? fragt Bert.
Allô? fragt das frankophone Echo zurück.

Da übernimmt der Hass die Regie, er schwillt an und bläht sich auf wie eine Kröte zur Paarungszeit. Bert teilt dem frankophonen Echo rasch und sachlich mit, dass die Paarungszeit vorbei sei. Bert sagt abschließend & akzentfrei: *Merci mon amour et au revoir.*

Die Große Liebe winkt aus der Ferne. Adieu! Sie ist nicht mehr zu erkennen.

Auch Bert hat sich zurückgezogen, schon ist er wieder ganz der Mann, der die Frau aufgrund wichtigerer Aufgaben aufgibt. Nur der Hass gibt nicht auf, er bleibt und reibt sich die Hände. Marie-Claire zupft derweil verlegen an pechfarbenen Haarzipfeln, Marie-Claire sucht derweil verlegte Dessous. Und Bert zieht geschäftige Grimassen. Bert presst den Hörer des Telefons ans Gesicht, Bert mimt Geschäftsgespräche, Bert gibt damit Marie-Claire Gelegenheit, schweigend zu gehen.

Aber Marie-Claire will gar nicht gehen!

Zudem hat Marie-Claire gelernt, in vielen Sprachen zu sprechen, aber in keiner Sprache zu schweigen. Und so kommuniziert sie auf Französisch mit ihren Dessous, wobei sie die Kernsätze ihrer Rede simultan ins Deutsche übersetzt. Marie-Claire spricht und bleibt. Bert schweigt. Und geht. Unbemerkt von Marie-Claire, die das Umstülpen, Aufrollen und Überziehen spitzenbesetzter Seidendessous zweisprachig kommentiert.

Bert lässt Marie-Claire in der *Spielplan*-Redaktion einfach allein!

Jetzt bemerkt Marie-Claire, dass sie allein in der *Spielplan*-Redaktion ist. Jetzt fragt sich Marie-Claire in zwei Sprachen, was sie tun soll. Keine der beiden Sprachen antwortet ihr. Keine der beiden Sprachen weiß, dass Marie-Claire bald nie mehr allein sein wird. Marie-Claire sucht tatbezogenen Rat. Marie-Claire prüft zwischen den seidenen Hüllen der Dessous den eigenen Unterleib. Ja, da ist er, unverändert. Aber Marie-Claires Unterleib wird sich bald verändern. Denn Marie-Claire ist, um es verhüllend zu sagen, in anderen Umständen. Mit anderen Worten: Marie-Claire ist gesegnet. So eine metaphorische Wendung für die Menschwerdung, die die metaphysische Deutung hervorhebt, nicht die physische Bedeutung.

Aber davon ahnt Marie-Claire nichts. Marie-Claire ahnt nur, dass Bert für immer gegangen ist. Und mit ihm die Große Liebe. Ansonsten ahnt Marie-Claire nichts. Ahnungslos verlässt Marie-Claire die *Spielplan*-Redaktion und damit das Untergeschoss der traditionslosen Universität.

Marie-Claire geht. Aber wir werden sie bald wiedersehen. (Auch die Große Liebe werden wir in diesem Liebesroman nochmals wiedersehen!)

Auf Wiedersehen, Marie-Claire!

15

Zunächst sehen wir eine andere alte Bekannte wieder, die zugleich eine andere Neue Frau ist: Die Frauenfachredakteurin Emma, die im universitären Hallenschwimmbad versucht, per Mega- und Mikrophonumfragen ein paar weibliche Wimmüllers zum Thema Fortpflanzung zu befragen. Befragt wird zudem die universitäre Frauenfürsprecherin (orangegefärbter Bürstenschnitt, Nasenring, lederner Badeanzug), sie ist eng mit Emma befreundet.

Bitte recht freundlich, sagt Emma, das Gespräch wird im Fernsehen gezeigt.

Die Befreiung von Fortpflanzungsorganen, sagt die Frauenfürsprecherin freundlich, garantiert die Freiheit der Frau! Und die Gebärfreiheit, sagt die freundliche Frauenfürsprecherin, garantiert den Erfolg der Frau! Hier, im Fernsehen, sagt die Frauenfürsprecherin im Fernsehen zu ihrer Freundin Emma, kannst du erfolgreich eine Gesprächsrunde leiten, weil du frei bist und allein, ohne Kind. Allein, ohne Kind, bist du leitungs- und leistungsfähig. Allein, ohne Kind, bist du erfolgreich und erotisch. Das ist das Neue an der Neuen Frau, sagt die Frauenfürsprecherin zum Fernsehpublikum. Sie ist nicht neurotisch, sie ist erotisch. Sie sei wie sie selbst, erklärt die Frauenfürsprecherin, sie sei sie selbst.

Dagegen sind die frisch diplomierten Neuen Mütter im Tauchbecken, neben denen ein frisch gebackener Neuer Vater auftaucht, der auch dagegen ist, wenn die Neuen Mütter ihn lassen. Noch ist er neu im Geschäft des Mütterlichen, noch muss er von den Neuen Müttern lernen. Und Zurückhaltung ist die erste Pflicht des Mütterlichen. So hält sich der Neue Vater zurück, antwortet nur, wenn er gefragt wird, was selten geschieht, und bemuttert die Neuen Kinder, die die Neuen Mütter immer und überall um sich haben wollen.

Karriere & Kind!

Das ist der Leitspruch der Neuen Mütter, die zugleich Neue Hausfrauen sind: Jede steht zu Hause einer Flickwerkfamilie vor, die in gemischtgeschlechtlichen, streng nach dem Fotokatalog einer bekannten Billigmöbelhauskette eingerichteten Abteilungen isst, scheißt, fernsieht und Computerspiele spielt. Pro Kind hält die Neue Mutter einen Kindsvater. Das zahlt sich aus, denn jeder Kindsvater zahlt seinen eigenen Unterhalt und den Unterhalt des eigenen Kindes, und manchmal zahlt der Kindsvater auch den Unterhalt der Neuen Mutter. Ohne sie wäre er Nichts oder Niemand! Ohne sie wäre er nicht der Neue Vater eines Neuen Söhnchens, das vielleicht, eines fernen Tages, ein Neuer Mann werden wird! Ohne sie wäre er kein Neues Muttermännchen, sondern ein alterndes Muttersöhnchen!

Karriere & Kind!

Das Leben der Neuen Mütter ist runder als das Leben der Nur-Frauen, die weder Kinder noch Kindsväter noch Karrieren ihr Eigen nennen können. Auch sind die Neuen Mütter runder als die Nur-Frauen, die im Fitness-Studio brettflache Männerkörper kopieren müssen. Rund ist richtig! skandieren jetzt ein paar weibliche Wimmüllers, Ballonbäuche wölben sich aus schmalhüftigen Postpubertären, die bis zur Entbindung in akademischen Seminaren festsitzen. Rund ist gesund! rufen die Wahlmütter, die diese Gesprächsrunde abrunden. Sie verzichten auf den zeit- und kraftzehrenden Zeugungsakt, sie wollen sich vielmehr mehrfach selbst verwirklichen. Buttons mit dem Bild des vorbildlichen Dolly-Schafs schmücken Zukunftsmütterbüsten, das narzisstische Glück wird vollkommen sein beim Blick in die spiegelgleichen Gesichtchen der kleinen Klone! (Die Neuen Mütter sind jetzt schon neidisch!)

Erfolglos ohne Kind will keine der Mütter oder Zukunftsmütter sein. Das belegt die Statistik, die jetzt im Fernsehbild zu sehen ist. Nur eine kleine, akademisch verformte Elite verzichtet gern auf das Abenteuer Kind: 40-jährige West-Frauen, die einst erfolgreich von führenden Frauenfachzeitschriften vor emotional-ökonomischer Abhängigkeit gewarnt werden konnten. Derweil bereiten sich 40-jährige Ost-Frauen, die einst erfolgreich in ökonomisch-emotionaler Isolation gebären konnten, auf das Abenteuer Enkelkind vor, indem sie endlich führende Frauenfachzeitschriften lesen.

Karriere & Kind!

Die Mütter und Zukunftsmütter ziehen die 40-jährige West-Frau Emma auf ihre Seite. Emma wendet sich ab von ihrer Freundin, der freundlichen Frauenfürsprecherin. Spätgeburt, ungefreit! Das ist es, was ich will, denkt Emma. Nur ein kleines bisschen Sperma. Aber woher nehmen, wenn nicht stehlen? Die Mütter und Zukunftsmütter denken nichts und schauen desinteressiert in die Kamera. Ich danke Ihnen für das interessante Gespräch! sagt Emma. Das ist das Ende unserer Frauenfachfernsehsendung aus dem universitären Hallenschwimmbad.

16

Hier unterbrechen wir kurz diesen Liebesroman, der auch ein Frauenroman sein könnte, um ein paar allgemeine und vergleichende Betrachtungen anzustellen, die dem Fach Allgemeine und Vergleichende Frauenstudien zuzuordnen wären: Die vier Frauen, die in dem Doppelroman *Der Spielplan* die Hauptrollen spielen, sind studierende und studierte Frauen. Brigitte und Petra (2 x 20 Jahre) befinden sich am Anfang des weiblichen Selbstfindungswegs, den Emma und Marie-Claire (2 x 40 Jahre) längst verlassen haben. Vier Frauen auf der Suche nach dem Glück! Vier Frauen, die sich einen Glücksbringer wünschen! Vier Frauen, die sich einen paarungsbereiten Partner wünschen! Dieser Wunsch entspricht den repräsentativen Durchschnittswünschen repräsentativer Durchschnittsfrauen. Nicht Abtreibung, sondern Reproduktion ist früher oder später erwünscht, selbst wenn es dafür schon fast für immer zu spät ist. Brigitte und Petra wollen nicht länger auf das Wunder des Lebens warten müssen, während Emma und Marie-Claire nicht länger auf das Wunder des Lebens warten können.

Aber Emma glaubt gar nicht an Wunder! Allein Marie-Claire wundert sich, warum sie noch immer allein ist. Marie-Claire weiß nicht, dass sie das Wunder des Lebens schon in sich trägt. Eine Schmerzensmutter in spe ist sie, die ihr schmerzendes Augenpaar auf eine überfällige Übersetzung senkt.

Selbst ist die Frau!

So der Titel des Artikels, verfasst von selfmade-women in Übersee, den Marie-Claire übersetzt.

Die Frau soll nicht mit dem Mann konkurrieren, die Frau soll nicht mit dem Mann kopulieren, die Frau soll nicht den Mann kopieren, sondern sich selbst! Frauen machen Frauen nach! Frauen haben die Macht, sich selbst zu Müttern zu machen! Nur Mut! Informationen zu genetischer Einheit bietet ein internationaler Klon-Katalog!

Marie-Claire findet in ihrer Muttersprache kein Wort für das Neue Mutterprodukt, Marie-Claire erfindet ein Neues Muttersprachenprodukt: Wonne-Clony, Kurzform W-C, eine internationale Bezeichnung für den weiblichen Klon, gültig in allen Sprachen der Welt!

Beigefügt ist dem Aufsatz ein Aufruf, den Marie-Claire auch übersetzt:

Für eine Neue Welt! Für eine Neue Welt ohne den alten Mann, der das furchtbare Geschäft mit der Fruchtbarkeit in Labor, Beichtstuhl und Ehebett treibt. Für eine Neue Welt ohne den alten Alptraummann, ohne den alten Frankenstein, der dem Geschöpf einer englischen Dichterin gleicht!

Aber, fragt Marie-Claire in einer Fußnote, ist nicht jeder Mann das Geschöpf einer Frau? Folglich, folgert Marie-Claire in einer Fußnote, kann nur eine Neue Frau einen Neuen Traummann erfinden. Marie-Claire findet in ihrer Muttersprache kein Wort für das Neue Mutterprodukt, Marie-Claire erfindet ein Neues Muttersprachenprodukt: Sony, Kurzform SON, eine internationale Bezeichnung für das männliche Kind, gültig in allen Sprachen der Welt! (Marie-Claire ahnt nicht, dass sie bald einen Neuen Sony besitzen wird!)

17

Auch Bert ahnt nicht, dass Marie-Claire bald einen Neuen Sony besitzen wird. Bert befasst sich nicht mit Marie-Claire. Bert befasst sich nicht mit den Zufallsprodukten unmoderner Reproduktionstechniken. Bert befasst sich mit Reproduktionstechniken, die moderner sind als jene, die er kürzlich mit Marie-Claire praktiziert hat.

Bert, Hauptdarsteller der täglichen Wunschfernsehsendung *Der Traummann,* befasst sich mit Traumfrauen und Wunschkindern. Bert, der Traummann, begrüßt in einer exklusiven Wunschfernsehspezialsendung für ein männl. Wunschfernsehpublikum (*„... für Traummänner und solche, die es werden wollen ...“*) einen Traumfrauenfachmann, einen Reproduktionsexperten, einen Wunschkinderspezialisten!

Herzlich willkommen! Applaus!

Ich freue mich, Sie begrüßen zu können, sagt Bert, er fletscht vor Freude die Zähne. Berts Wunschkandidat trägt einen weißen Operationskittel, er tritt maskiert auf. Eine Pixelmasse mit Pixelmaske. Ähnlichkeiten mit einer natürlichen Person sind nicht zufällig!

Nun beginnt kein heiteres Beruferaten! ruft Bert. Bert verrät dem Wunschfernsehpublikum, dass sein Wunschkandidat ein bekannter Erforscher menschlicher Fortpflanzung ist, zugleich ein Neuer Dramatiker, der US-amerikanische Autor eines Dramas, das auch ein Hörspiel sein könnte, eine Fernsehserie, ein Spielfilm oder eine Internet-Installation!

Berts bekannter Wunschkandidat tritt unter Pseudonym auf. Aber nun beginnt kein heiteres Prominentenraten! ruft Bert. Bert verrät dem Wunschfernsehpublikum, dass der bekannte Wunschkandidat den Künstlernamen XY gewählt hat. Bekannt als Geschlechtschromosom des Mannes! ruft Bert äußerlich. Kein schlechter Gedanke, denkt Bert innerlich. Bekanntlich weiß Bert um die Wirkung bekannter Namen bekannter Männer.

Jetzt muss XY seinen Mann stehen. Der Mann, sagt XY, ist der Hauptdarsteller meines Dramas, das auch ein Hörspiel sein könnte, eine Fernsehserie, ein Spielfilm oder eine Internet-Installation. Der Neue Traummann, der Neue Frankenstein, der dem Geschöpf einer englischen Dichtung gleicht. Der Neue Mann, der über Sein oder Nichtsein entscheidet! Der Neue Mann, der eine Neue Mannschaft Mensch zeugt, im Theater, im Hörfunk, im Fernsehen, im Kino, im Internet und im richtigen Leben: Produkte unbefleckter Empfängnis, männliche Klone nach Maß, ohne genetische Defekte, ohne postnatale Traumata, hervorgebracht von künstlichen Gebärmüttern, die strapazierbarer und leistungsfähiger sind als menschliche Mütter!

Selbst ist der Mann! ruft XY allen Männern in aller Welt zu. Das Eiweiß seiner Augäpfel blitzt hinter den Maskenschlitzen. Jedermann! Everyman! Erschaffen Sie sich selbst nach eigenem Entwurf! Entkernte Eizellen gibt es täglich auf der Eierbank! Wenn Ihnen Ihr Spiegelbild gefällt, kopieren Sie es in die vierte Dimension! Vorsicht! Nicht auf die Löschtaste drücken! Fehlfarben werden deleted, durchgestrichen, ausgeixt! Männliche Klone sind strapazierbarer und leistungsfähiger als menschliche Söhne! Und sie besitzen, wie Braunbär und Flughund, wie Walross und Iltis, das typische Merkmal männlicher Macht:

Os penis!

Aus dem Penisknochen, nicht aus der Rippe, schuf Gott die Frau! ruft XY allen penisknochenlosen Männern in aller Welt zu. Gott ist tot! Und die Frau hat es trotz Fitness-Studio nicht geschafft, sich fit zu halten fürs richtige Leben. Jetzt wird sie abgeschafft! Im Theater, im Hörfunk, im Fernsehen, im Kino, im Internet und im richtigen Leben! Für eine Neue Welt! Für eine Neue Welt ohne Frau!

Aber wer wird die Klone füttern, waschen, wickeln? fragen alle penisknochenlosen Männer in aller Welt. Wer kocht, brät, backt und putzt für sie? Wer wischt Rotze ab, wer wischt Kotze auf? Wer? Ist das nicht Frauensache? fragen alle penisknochenlosen Männer in aller Welt. Das müssen Frauen machen! Dafür gäben sie gern einen Penisknochen her, wenn sie nur einen hätten. (Bert gäbe gern etwas dafür her, wenn er nur einen Penisknochen hätte. Aber was? Vielleicht ein kleines bisschen Sperma? fragt XY heimlich hinter der Kamera. Oder ein paar Zellkerne, Herr Bert, bitte sehr? Ihre Hardware für eine Neue Herrenserie? Wenn Ihnen Ihr Spiegelbild gefällt, kopieren wir es in die vierte Dimension! Fehlfarben werden deleted, durchgestrichen, ausgeixt! Schon erntet XY heimlich hinter der Kamera ein paar Zellkerne von Berts fehlfarbigem Haupt.) Und schon geht's vor der Kamera weiter im Wunschfernsehhauptprogramm! Mit einem Neuen Wunschfernsehgast! Mit einer Neuen Wunschkandidatin!

Herzlich willkommen! Applaus!

Ich freue mich, Sie begrüßen zu können! ruft XY in US-amerikanischer Sprache, der Inhalt seiner Rede wird simultan für das männl. Wunschfernsehpublikum übersetzt. WOW, THAT'S SUPER, MAN! sagt die Neue Wunschkandidatin, eine superblonde Maxi-Barbie in superkurzem Mini-Kleid. Sie sagt es mehrfach und schnell hintereinander, weil die CD ihres Sprachprogramms blockiert. Der US-amerikanische Traum! ruft XY. Ein echter US-amerikanischer Frauenautomat®, der kocht, backt, bügelt, putzt und Klone zur Schule bringt! Ein Markenfabrikat, das immer gehorcht, niemals nörgelt und abends einen Braten in die Röhre schiebt! Eine echte US-amerikanische Traumfrau! Künstlich natürlich! Für Sie, meine Herren, bitte sehr! Ihre Gemütslagen sind positiv und programmierbar, sie spreizt im Erosprogramm die Beine, ist perfekt frisiert und manikürt, mit hautähnlichem Latex beschichtet, hat Haupt- und Schamhaarperücken in verschiedenen Farben und Schnitten sowie Brust-, Hüft- und Schenkelprothesen in drei Gewichtsklassen. Maßanfertigungen sind möglich!

Applaus!!!

Das Wunschfernsehpublikum (männl.) wünscht sich eine Neue Wunschfrau! Zu Weihnachten! Oder sofort! Auch Bert, der Traummann, wünscht sich eine Neue Traumfrau. Sofort! ruft Bert. Einen Neuen Frauenautomaten®, bitte sehr, keinen gebrauchten Frauenautomaten®, danke nein!

Zudem plant Bert, das Neue Kunstwerk des Neuen Künstlers XY im *Spielplan* vorzustellen! Sofort! Sofort plant der Neue Künstler XY ein Vorwort zu seinem Neuen Kunstwerk, das er im *Spielplan* vorzustellen plant:

Schöne Neue Unterwelt!

Willkommen im Neuen Jahrtausend! Willkommen im Zeitalter Assistierender Reproduktions-Techniken! Willkommen im ART-Zeitalter! Im folgenden Neuen Kunstwerk konkurriert ein Klon mit einem konventionellen Kind, das Konfektionsware ist, keine Maßarbeit, vollkommen unvollkommen, kunst- und lustlos zugleich. Ende des Vorworts, das der Neue Dramatiker XY seinem Neuen Drama voranzustellen plant, das auch ein Hörspiel sein könnte, eine Fernsehserie, ein Spielfilm oder eine Internet-Installation.

Applaus!

Es ist eine Lust zu leben! sagt Bert zu dem männl. Wunschfernsehpublikum. Live! Ich danke Ihnen für das interessante Gespräch! sagt Bert zu dem männl. Wunschkandidaten. Bert sagt nichts zu dem weibl. Wunschautomaten, denn der weibl. Wunschautomat spielt nicht mehr mit. Die Batterien sind leer. Das ist das Ende der Wunschfernsehspezialsendung *Der Traummann.*

18

Berts Spezialfernsehsendung fällt der Fernsehspezialistin Emma auf, die den Fernsehstar Bert anfallen könnte, so wütend ist sie! Aber Emma will Bert erst auffallen, bevor sie ihn anfallen will. Emma will Bert erst auffallen, ihn dann überfallen, ihn erst einnehmen, ihn dann ausnehmen, bis nichts mehr übrig bleibt von Bert, alles Emma ist, ganz und gar!

Emma plant, Bert zu bestrafen, weil Bert plant, die Frauen abzuschaffen. Zu diesem Zweck legt sie den aktuellen *Spielplan* fort und aktualisiert ihr eigenes Planspiel: Emma will Bert mehr als ein bisschen Sperma nehmen. Emma will Bert das letzte Wort nehmen, so dass er nichts mehr zu sagen hat und auch nichts mehr zu spielen und auch nichts mehr zu planen!

Emma will Bert zu diesem Zweck zeigen, wie lebendig ihre Lust ist, wie lustvoll ihr Leben ist. Emma will Bert zu diesem Zweck zurufen: Es ist eine Lust zu leben! Live! Emma will zu diesem Zweck ein Neues Fernsehspiel erfinden, ein Fun- und Lifestyle-Magazin für Frauen und Männer, eine Sondersendung über lustvolles Leben ohne unfreiwillige Fortpflanzung, die nicht mehr nötig ist und unüblich. Ohne Liebe, aber mit List. (Die List rät in Emmas Fernsehsendung sogar – falls nötig und möglich – zur Befreiung von Fortpflanzungsorganen: Fortpflanzungsfreiwillige finden im Internet frische Frischzellen und Brutmaschinen frei Haus für fleckenlose Hausgeburten!)

Emma erfindet keine freizügige Sondersendung über lustlose Liebe mit unfreiwilliger Fortpflanzung, die es schon bald nicht mehr geben soll. (Was will die Liebe hier? fragt Emma. Die Liebe wird deleted, durchgestrichen, ausgeixt!) Emma erfindet eine Fun-Fernsehspielsendung für Fun-Fernsehspielzuschauerinnen, die mitspielen und gewinnen können! Auch männl. Fun-Fernsehspielzuschauer können mitspielen und versuchen zu gewinnen!

Emmas Sondersendung wird ein Fun-Fernseherfolg!

Emma wird listig über ihr lustvolles Leben plaudern. Live! Emma wird aus dem eigenen Nachtschränkchen plaudern, aus der eigenen Plauderschenke, aus dem eigenen Schenkelhaus. Emma wird dabei lustige Wortspiele spielen: Es zwitschert die Pumpelmeise, bibbert die Bibsi, giggelt die Gigeritz, während Knutte und Schluppe mit dem Grundling gockeln, mit Zagel, Wedel, Pollermann.

Es ist wichtig, denkt Emma, das letzte Wort in diesem Spiel zu haben. Wer das letzte Wort hat, ist frei für freiwillige Fortpflanzung ohne Liebe. (Wieder zwängt die Liebe ihren Lockenkopf in Emmas Fun-Fernsehspielsendung. Aber sie wird sofort durch den Hinterausgang abgeschoben. Die Liebe darf nicht mitspielen, danke, kein Bedarf! Auf Nimmerwiedersehen!) Emma will dem Frauen- und Fernsehspezialisten Bert das letzte Wort in ihrer Fernsehsendung anbieten. Ohne Liebe, aber mit List. Emma ruft Bert an. Live! Ob Bert den Anruf beantworten wird wie ein tüchtiger Anrufbeantworter? Während wir raten, fallen alle übereinander her, die Gigeritz und der Pollermann, die Pumpelmeise und der Zagel, die Schluppe und die Bibsi, die Witscheriwitsch, die Watscheriwatsch, die Wotschweriwotsch. Und alle rudern mit den Füßen in der Luft, wie im Fun-Fernseh-Fitness-Studio!

Da nimmt Bert den Telefonhörer ab, da nimmt Bert das telefonische Angebot an. Der Mann schnappt nach dem Köder, den die Frau ihm zuwirft. Bert sagt „ja“ zu Emma!

Bert ist, offen gesagt, erfreut über Emmas Offenheit. Emma offeriert so viel Offenheit, dass Bert die Wände nicht mehr sieht, gegen die er noch vor kurzem gerannt ist. Emma hat die Wörter aus dem Labyrinth gefegt, sie hat das leere Labyrinth geöffnet für Bert, den Leitstier. Es ist der Tag der offenen Tür, hereinspaziert, liebster Leitstier! Vorsichtig lockt die Frau den Mann. Pst! Kein Wort dringt mehr aus ihr heraus. Emma will, dass der Mann in sie eindringt. Vorsicht! Leise, leise ...

Denn noch ist der Mann in unerreichbarer Ferne, noch ist das Gespräch ein fernmündliches Gespräch. Wenn Bert erst in erreichbarer Nähe ist, wenn das Gespräch erst ein mündliches Gespräch ist, will Emma ihn beim Wort nehmen. Ihm erst das Wort geben, ihm dann das Wort wieder nehmen, das letzte Wort behalten. Das ist Emmas Planspiel. Bert verlässt die Redaktion des *Spielplans*, um ein Spiel zu spielen, das er nicht geplant hat.

Wir wollen dieses Spiel gespannt verfolgen. Aber zunächst schalten wir um in Marie-Claires Mutterprogramm! (Und verzichten auf die Werbepause des Selbsthilfeverbands Contra Familia zum Thema Sterilisationshilfe!)

19

Marie-Claires Muttermund ist fest verschlossen. Dennoch kann der gynäkologisch gebildete Fachmann deutlich den Fremdkörper erkennen, der sich in Marie-Claires Gebärmutter verkrallt. Das Wunder des Lebens, sagt der gynäkologisch gebildete Fachmann deutlich, die vierfach codierte DNA-Doppelhelix eines Neuen Menschen!

Kein Zweifel: Marie-Claire wird Mutter!

Marie-Claire ist ein rares Fundstück! Marie-Claire ist eine vier Jahrzehnte junge Überraschungsmutti, wie es sie heute kaum noch gibt! Marie-Claire hat ein frisch befruchtetes Überraschungsei in ihrer vier Jahrzehnte jungen Überraschungsgebärmutti! Marie-Claire muss nicht mehr 40 Jahre, sondern nur noch 40 Wochen warten, um feststellen zu können, wie die Überraschung aussieht, die jetzt noch in dem Überraschungsei steckt!

Aber Marie-Claire kann sich nicht freuen, Marie-Claire denkt an Bert.

Ob Bert sich über Marie-Claires Überraschungsei freuen wird? Ob Bert dieses überraschende Geschenk der Mutter Natur annehmen wird? Ob Bert der Mutter Marie-Claire das Geschenk seiner Liebe machen wird? Ob Bert & Marie-Claire in Liebe Vater & Mutter werden wie viele andere Paare vor, nach und neben ihnen?

Fragen, die sich Marie-Claire unter diesen Umständen stellt. Fragen, die sich unter Umständen jede Frau an ihrer Stelle stellen könnte. Marie-Claire kann nur eine eindeutige Antwort auf diese Fragen finden:

Nein!

Bert muss keine eindeutige Antwort auf diese Fragen finden, Bert muss auch keine zweideutige Antwort auf diese Fragen finden. Bert muss vielmehr ein paar andere Fragen beantworten, die ihm die Fernsehfachredakteurin Emma stellt. Denn Bert spielt als prominenter Fernsehgast in der Fun-Fernsehspielsondersendung mit, die die prominente Fun-Fernsehspielsondersendungsmoderatorin Emma moderiert. Auch die Liebe will mitspielen, sie ist nicht bei Marie-Claire, wo sie sein sollte, sondern im Fernsehen. Schon tritt sie ungebeten durch die Hintertür ein und im Studio auf:

Überraschung!!!

Emma wirft die Liebe nicht hinaus, nein, das könnten die Fun-Fernsehspielzuschauerinnen ihr niemals verzeihen. Ich freue mich, Sie begrüßen zu können! ruft Emma. Ohne Lust, aber mit List. Willkommen, liebe Liebe! Die Liebe hat sich getraut, zu uns zu kommen! ruft Emma. Aber können wir der

Liebe überhaupt noch trauen? fragt Emma. Bitte sehr, Herr Bert?

Nein! behauptet Bert. Die Liebe wird am Scheidungsautomaten geschieden! Dann kann sie gehen! Denn die Liebe ist den urtümlichen Fortpflanzungstrieben unterlegen, die unterdrückt werden müssen, weil sie Irrtümer produzieren! Wunschkinder sind Wunschklone. Keine Zufallsprodukte, keine Überraschungsgenome. Jeder Mann ist frei, sein eigenes Kind zu sein! Jede Mutter ist frei, den eigenen Mann zu bemuttern!

Also wird alles so werden, wie es schon immer war? Bert beantwortet diese Frage aus dem Publikum nicht. Schluss der Sondersendung! Tschüss!

Emma stimmt Bert während der Sondersendung wortlos zu. Emma stimmt Bert nach der Sondersendung wortlos zu. Emma hat beschlossen, Bert das Wort zu überlassen. Ohne Liebe, ohne Lust, aber mit List. Emmas Mund ist fest verschlossen. Bert ist fest entschlossen, diesen verschlossenen Frauenmund zu öffnen. Bert hat den Schlüssel zu diesem verschlossenen Frauenmund. Der Schlüssel ist das Wort. Bert hat die Schlüsselgewalt über diese Frau, die das Wort des Mannes empfängt.

Im Anfang war das Wort, sagt Bert.

Bert zitiert ein Zitat, nach dem das Wort Samen und Wurzel zugleich ist. Bert verfügt über Samen und Wurzel zugleich sowie über das Wort und die Frau. Bert ergreift das Wort und die Frau zugleich und lässt nicht wieder los. Das Wort bleibt bei Bert und die Frau ebenfalls. So vereint sich das Fernsehpaar im Fernsehstudio. Die Fernsehzuschauer sitzen vereint oder vereinzelt zu Hause vor einem anderen Fernsehprogramm. Sie können das Liebesspiel dieses Liebespaars nicht sehen.

Auch das Liebespaar kann das Liebesspiel nicht sehen. Denn im Fernsehstudio ist es dunkel, die Fernsehkameras sind ausgeschaltet. Nur die Notbeleuchtung wirft ein schwaches Licht auf die Liebenden, die sich im Studiomittelfeld bewegen. Stumm gehorcht die Frau den Befehlen des Mannes, rollt sich über ihn, steigt auf und ab, streckt und beugt sich. Sie hebelt, wackelt, zittert und stöhnt leise unter der Last des Mannes, der sich schreiend in ihr wälzt. Da stößt er ein letztes Mal zu, die Frau empfängt schweigend den tropfnassen Schmant in ihrer dampfenden Höhle.

Schweigen ist in der Regel eine Form frei gewählter Unterhaltungslosigkeit, während Sex in der Regel eine Form frei gewählter Unterhaltung ist. Aber die Frau will den Mann nicht mehr unterhalten, und der Mann will nicht mehr von der Frau unterhalten werden. Der Mann will die Frau auch nicht mehr unterhalten, und die Frau will auch nicht mehr von dem Mann unterhalten werden. Die Frau schweigt. Und der Mann schweigt jetzt auch.

Frauen und Männer können gemeinsam schweigen. Es ist selten, aber möglich.

Aber das Schweigen der Frau besagt etwas! Es besagt etwas anderes als das Schweigen des Mannes! Diese Stille, die den dunklen Kontinent ihrer Seele seit uralter Zeit erfüllt, somit viele Bände antiker Mythen sowie die Literaturgeschichte der modernen Frau! Emma ist Elektra, die Heldin eines elektrisierenden Liebesdramas, die unheimlich komplizierte psychische Komplexe heimlich, schnell & leise kompensiert. Sie ist die vollkommen Unvollendete, das freud- und penislose Mangelwesen der Seelentheorie, das liebend gern die ungeliebte Übermutter im eigenen Leib erschlüge, um sich den geliebten Übervater einzuverleiben wie einen Brotlaib. Aber in der psychischen Praxis sublimiert die Frau wie ein Mann und schweigt.

Emma denkt, ohne zu sprechen, während Bert schweigt, ohne zu denken. Denn Bert ist nur laut Seelentheorie vollkommen vollendet. In der psychischen Praxis ist Bert völlig am Ende. Berts Körper ruht, und Berts armer Geist ruht auch, während Emmas Geist sich noch immer regt.

Emmas Geist reproduziert unzählige, für die erfolgreiche Partnerwahl relevante Wörter, die aber nicht auf die Abflugbahn des sprachlichen Zentrums vorrücken. Emma schweigt. Und Bert schweigt auch. Obwohl zwei Menschen, die das evolutionär relevante Maß einer erfolgreichen Partnerwahl erfüllen wollen, mindestens zwei Millionen Wörter miteinander austauschen sollten. Ein Austausch, der Auskunft gibt über Persönlichkeit, Vergangenheit, Pläne, Hoffnungen, Ängste und Ideale der Liebenden, die vielleicht schon bald keine Liebenden mehr sind.

Aber Bert will nichts wissen über Emmas Persönlichkeit, Vergangenheit, Pläne, Hoffnungen, Ängste und Ideale. Und Emma will nichts wissen über Berts Persönlichkeit, Vergangenheit, Pläne, Hoffnungen, Ängste und Ideale.

(Ob Emma & Bert das evolutionär relevante Maß einer erfolgreichen Partnerschaft später erfüllen werden? Ob Emma & Bert später ein Kind herbeireden werden, wenigstens ein kleines? Spätgeburt, ungefreit? Später vielleicht, bevor es für immer dafür zu spät ist?)

Bert schweigt. Emma schweigt auch, wenngleich ihr Geist – im Unterschied zu ihrem Körper – durchaus relevante Beiträge zur menschlichen Evolution leisten will. Berts Geist kann – im Unterschied zu Berts Körper – keinen relevanten Beitrag zur menschlichen Evolution leisten. Berts Geist und Emmas Körper scheinen für immer aus der menschlichen Evolution ausgeschieden zu sein. Nicht zum Schaden der menschlichen Evolution übrigens, die an dieser Stelle heimlich aufatmet. Zu früh, wie man vermuten darf. Denn Sex ist – wie in diesem Fall – ohne Fortpflanzung möglich, aber ebenso ist Fortpflanzung – auch in diesem Fall – ohne Sex möglich. Fortpflanzung erfolgt, selbstverständlich mit & ohne Liebe, selbst wenn Körper und Geist längst aus der menschlichen Evolution ausgeschieden zu sein scheinen. Bald davon mehr.

Achtung! Bert erwacht!

Bert hat sowohl die Lust am Sex verloren als auch die Lust am Text. Aber Emma hat sowohl die Lust am Sex ergriffen als auch die Lust am Text. Die Frau ergreift den Mann und das Wort zugleich und damit die späte Gelegenheit, ein Kind herbeizureden, wenigstens ein kleines. Spätgeburt, ungefreit! Das ist es, was ich will! ruft Emma. Nein! ruft Bert. Das ist mein letztes Wort! Bert ist müde, er möchte jetzt gern wortlos gehen! Nein! ruft die unermüdliche Emma. Nein! Und nochmals:

Nein!

Frauen und Männer sind verschiedene Menschen, aber sie benutzen gelegentlich dieselben Texte. Bei diesen seltenen Gelegenheiten sind sie selten einer Meinung.

Emma und Bert beispielsweise sind bei dieser Gelegenheit nicht einer Meinung. Bert möchte nicht bei Emma bleiben, aber Emma hält Bert fest und lässt nicht mehr los. Bert erkennt, dass er in der Falle seiner Beute steckt. Bert, das Beutetier, steckt in der Freibeuterin Emma, die seinen Speer tiefer in sich bohrt. Bert spürt den Speer, Bert spürt das Bohren, dann spürt Bert nichts mehr. Das letzte Wort, ein „Nein“, war mein! denkt Emma. Dann blickt Emma auf den erschlafften Mann. Dann denkt Emma an Kapitel *P* der mythologischen Dramensammlung, *P* wie *Pyrrhussieg*! Dann verlässt Emma den schlafenden Mann.

Gute Nacht, Bert!
Auf Wiedersehen, Emma! (Wir werden dich bald wiedersehen!)

20

Wann ist ein Mensch ein Mensch?

Ab dem vierten Schwangerschaftsmonat?
Ab der 40sten Schwangerschaftswoche?
Ab dem vierten Geburtstag?
Ab dem 40sten Dienstjubiläum?

Wann ist ein Mensch ein Mensch?

Marie-Claire befasst sich mit dieser Frage, mit der sich Generationen theologischer und gentechnologischer Gelehrter vergeblich befasst haben. Marie-Claire bemüht sich um eine schlichte Antwort auf diese Frage, die zugleich die Antwort auf eine schwierigere Frage sein soll:

Sein oder nicht sein lassen?

Marie-Claire verlässt mit dieser Frage die gynäkologische Praxis, die Hilfe bei Haus- und Geburtshausgeburten anbietet sowie verschiedene Abtreibungsmethoden: Hygienisch einwandfreie Lösungen zur Vermeidung eines unerwünschten Kindes, das mit 40 Jahren auf Kosten der Mama ein perspektivenarmes Studium fortzusetzen wünscht, wenn es nicht vorher im Ausland an einer hierzulande unbekannten Krankheit krepiert sein sollte. (Ab und zu findet man auch Totgespritzte oder Aufgehängte, Ertränkte oder Überfahrene auf. In solchen Fällen ist es natürlich für eine Abtreibung zu spät, viel zu spät.)

Marie-Claire schlägt den Weg zur esoterischen Fachbuchhandlung ein, um dort einschlägige Fachbücher aufzuschlagen.

Jede Menschenseele sucht einen Menschenkörper, liest Marie-Claire in einem Fachbuch führender Empfängnistheoretiker. *Wenn der Kindskörper den Mutterkörper verlässt, ist der Mensch ein Kind. Ein Mensch ist das Kind aber schon viel früher. Ein Mensch ist das Kind schon vor der Empfängnis. Und jeder Empfängnis geht die Entscheidung für die Fortpflanzung voraus!*

Aber Marie-Claire hat gar keine Entscheidung für die Fortpflanzung getroffen! Marie-Claire hat Bert getroffen. Der Rest war ein Zufall oder ein Unfall!

Aber Marie-Claire hätte Zufall und Unfall vermeiden können durch einen Einfall! erwidern die Empfängnistheoretiker. *Das hat sie nicht gemacht. Mit Bedacht! Denn es gibt eine geheime Absprache zwischen Kindsseele und Mutterseele: Die Kindsseele erbittet die Empfängnis, und die Mutterseele schaltet das Fortpflanzungsprogramm ein.*

Marie-Claire schlägt das Buch zu. Das Geheimwissen der Empfängnistheoretiker ist ihr zu unheimlich! Marie-Claire hat nicht insgeheim die Bitte einer Kindsseele empfangen. Marie-Claire hat Berts fruchtbaren Samen empfangen, der nun in ihr reift, zusammen mit der furchtbaren Frage:

Sein oder nicht sein lassen?

Vielleicht ist Marie-Claire besser beraten mit einem Aufsatz der Frauenberatungsbeauftragten.

40-jährige Mütter, liest Marie-Claire, *sind die besseren Mütter. Sie sind doppelt so alt wie ihre Mütter und Großmütter einst waren, als sie Mütter wurden, und daher doppelt so weise. Und sie können beweisen, dass sie arbeiten können wie ein Mann. Das ist anstrengend und notwendig, denn die Neuen Mütter müssen arbeiten wie ein Mann, wenn sie ein Kind haben, aber immer noch keinen Mann. Ein Neuer Mann ist nicht zu haben, nur ein Kindsvater, aber der zählt nicht. Er ist der Nebendarsteller in einem Spiel, das zwei Hauptdarsteller planen: Mutter & Kind!*

Die werdende Mutter wundert sich. Die werdende Mutter lernt das Wunder des Lebens kennen, das ihr bisher unvertraut gewesen ist: Die Kindszeugung ein Planspiel in der Redaktion des *Spielplans*! Marie-Claire ist nicht bereit, tiefer in das Wunder des Lebens einzudringen. Das Wunder des Lebens ist bereits tief in Marie-Claire eingedrungen!

Marie-Claire ist bereit für die große Aufgabe, die ihr das Leben stellt. Marie-Claire stellt sich ihrer Lebensaufgabe. Marie-Claire wird das Leben nicht auf- sondern weitergeben! Marie-Claire wird niederkommen zur Erde mit einem Himmlischen Geschöpf wie eine Heilige Mutter Gottes. Marie-Claire wird der unheilvollen Menschheit einen Neuen Heiland schenken: Bitte sehr, hab ich selbst gemacht, alles Gute, geh mit Gott! Bert, der Vater, ist ein unheilvoller Mensch! Aber vielleicht ist Bert gar nicht der Vater, denkt Marie-Claire, vielleicht ist der Vater gar kein Mensch, sondern ein Heiliger Vater, der viel geheimnisvoller ist als Bert, dem ich die Vaterschaft verheimliche!

Jetzt braucht das Kind nur noch einen Namen!

Das Schicksal fragt in der karmisch-astrologischen Abteilung der esoterischen Buchhandlung nach den Sternzeichen der Elterngenome sowie nach Empfängnis- und Geburtsdaten. Wichtig sind auch die Träume der Mutter, zum Beispiel der US-amerikanische Tagtraum, den Marie-Claire jetzt träumt. Marie-Claire träumt von Bradpitt! Marie-Claire träumt von einem echten US-amerikanischen Traumboy! Bradpitts frisch gewachstes Haar strahlt wie ein Heiliger Sonnenschein. Er ist zu schön, um wahr zu sein! Schön wie mein Sohn! ruft Marie-Claire. Sunny Sony! Sein Name sei Brad! (Ein Name also, der aus vier Buchstaben besteht, wie LOVE oder GOTT, BERT oder PAPA!)

Es folgt eine kurze Zusammenfassung der Schwangerschaft: 40 Wochen Sonnenschein! Es ist wie im Tagtraum! Es ist wie in den Mutterschaftsspezialzeitschriften, die Marie-Claire liest! Marie-Claire strahlt wie die liebe Mutter Sonne in den Mutterschaftsspezialzeitschriften. Marie-Claire ist eine werdende Mutter, die einen schwerer und schwerer werdenden sonnigen Sony in sich trägt.

Marie-Claire übersetzt zeitgleich Frauenfachaufsätze im Auftrag der Frauen- und Familienberatungsbeauftragten. Marie-Claire wird bald mehr sein als eine einfache Frau, Marie-Claire wird bald eine einfache Familie sein, eine winzige soziale Einheit. Das ist neu! (Marie-Claire kennt nur asoziale Mehrheiten. Aus dem Fernsehen. Und aus dem Kinderheim. Denn Marie-Claires Mutter war, wie Marie-Claire, eine ledige Mutter, als sie ohne Kenntnis des allen Ämtern unbekannten Vaters das ungebetene Kind M-C bei einem Kinderheim einreichte, das auch nicht um das Kind gebeten hatte und es rasch an den meistbietenden Mann weiterreichte. So zog M-C vom bettenreichen Schlafsaal des Kinderheims um in den bettenreichen Beischlafsaal eines Pariser Päderasten, der sie Französisch lehrte, obwohl sie ihn gar nicht darum gebeten hatte.)

Aber Marie-Claire schaut nicht zurück, sondern voraus. Marie-Claire ist nicht von gestern, sondern von morgen, sogar von übermorgen. Marie-Claire denkt nicht zurück an ihre Kindheit, Marie-Claire denkt voraus an die Kindheit ihres Kindes, das Englisch, nicht Französisch lernen soll, das liebe Engelein! Ein Geschöpf des Himmels, eine gute Seele, die einen guten Körper braucht, den die Himmelsbraut Marie-Claire gut versorgen muss. Sie muss das vollgeschissene Popochen abwischen und das vollgekotzte Frätzchen und die vollgekleckerten Fingerchen, immer wieder, immer wieder, bis sie am liebsten mit einer Eisenbürste auf das Popochen und auf das Frätzchen und auf die Fingerchen einschlagen würde, damit das verdammte Balg begreift, dass es der lieben Mama zu viel Arbeit macht!

Aber Marie-Claire muss noch 40 Wochen warten, bis sie Mama wird. Marie-Claire träumt von einem Sonnenschein, der schöner ist als der südliche Sonnenschein, für den jedes

Südsee-Plakat wirbt. Ein Kind, das unvermeidlich ist, obwohl es zu vermeiden gewesen wäre, wenn Marie-Claire gewollt hätte. Aber Marie-Claire wollte das Kind nicht vermeiden, Marie-Claire wollte das Kind! Das ist es, was Marie-Claire nun 40 Wochen lang weiß. Marie-Claire ist nun weise, weil sie weiß, was sie will.

Auch andere Frauen wissen, dass sie Kinder wollen. Aber woher nehmen, wenn nicht stehlen?

21

Das fragt zum Beispiel Emma.

Emma weiß, dass sie ein Kind will. Aber Emma geht leer aus, obwohl sie die Rechnung mit der bekannten Größe Bert gemacht hat. Leider geht Berts fruchtbarer Samen nicht in Emma auf. Leider bleibt eine Eizelle einsam und unbefruchtet in Emma zurück. Es sind schon viele andere Eizellen einsam und unbefruchtet in Emma zurückgeblieben. Emma hat diese einsamen und unbefruchteten Eizellen Monat für Monat ausgeschieden.

Es ist eine Verschwendung der Natur, dieser weibliche Körper, dieses ungenutzte Materiallager, das sich Monat für Monat abnutzt, ohne dass irgendein Mensch davon irgendeinen Nutzen hätte! denkt Emma. Aus einem unbefruchteten Ei kann doch nichts werden! Keine kleine Eva der Zukunft! Nicht einmal ein Neuer Adam könnte einem unbefruchteten Ei entschlüpfen!

Emma beschließt schließlich, ihr ungenutztes Materiallager einem Nutzen zuzuführen. Emma führt ihren Körper in den Haupteingang einer gynäkologischen Praxis ein, die nicht nur Hilfe bei Haus- und Geburtshausgeburten anbietet sowie verschiedene Abtreibungsmethoden, sondern auch diverse Fertilisationsverfahren mit Erfolgsgarantiequotienten. Hier wird die menschliche Fortpflanzung erfolgreich erforscht, hier wird folgenreich repliziert, reproduziert, dupliziert und multipliziert. Die Preis-Leistungs-Liste hängt im Wartezimmer aus. Dort warten künftige Klonmütter auf einer langen Bank. Derweil werden Hormonpräparate gereicht und Zukunftsmütter zur Ei-Ablage in die OP-Räume gebeten, wo künftiges Leben in künstlichen Gebärmüttern brodelt.

Ich freue mich, Sie begrüßen zu können! ruft der Wunschkinderexperte XY aus dem OP der Wunschmutter Emma zu. Fast hätte XY Emma nicht erkannt. Nicht von hinten, nicht von vorn. Im Fernsehen sieht sie anders aus. Besser! Und fast hätte Emma XY nicht erkannt, nicht von hinten, nicht von vorn. Im Fernsehen sieht er anders aus. Besser! Denn im Fernsehen ist XY maskiert. XY grinst. Ungeniert, unmaskiert, unrasiert. Und begrüßt die Frau Fernsehfachredakteurin vor dem Röntgenbildschirm. Emma fletscht vor Wut & Freude die Zähne. Emma will hier & jetzt nicht länger warten! Emma will hier & jetzt Mutter werden, je eher desto besser!

Emma will eine Spätgebärende werden, rasch, bevor es dafür für immer zu spät ist! Emma meldet einen Kinderwunsch an, rasch, es ist spät, aber noch nicht für immer zu spät! Warum hast du den Kinderwunsch aufgeschoben, Emma? Jetzt musst du auf der langen Bank zwischen den anderen Wunschmüttern auf dein Wunschkind warten!

Aber Emma will nicht länger warten. Emma ist fast zu spät gekommen. Emma will sofort eine Neue Mutter werden! Dabei würde sie gern das Geschäft des Gebärens einer künstlichen Gebärmutter übertragen. Das muss Emma XY nicht sagen, das sieht XY Emma sofort an. Ich will ein Kind, ein kleines! ruft Emma. Sofort! XY nimmt die Bestellung sofort entgegen: Mit oder ohne Ersatzorganen? Und darf es auch ein Kind mehr sein? Nein, ein einziges Kind ist für eine alleinerziehende Mutter ausreichend. Das ist Emmas Meinung. XY verneigt sich. Und entwirft einen geheimen Plan.

XY will ein Neues TV-Drama schreiben, das auch eine Fernsehserie sein könnte, ein Fernsehfilm, eine Video-Installation oder ein Fortpflanzungsroman in Fortsetzungsfolgen. In der Hauptrolle: TV-Star Bert Klonson. In den Nebenrollen: Emma & Bert. Ein TV-Paar, das ein Klonelternpaar wird. Und wir sind immer dabei!

1. Folge: Emma legt ein paar Eier ab, die XY in die Pfanne schlägt. XY erprobt und probiert diverse Eierspeisen unter verschiedenen Laborbedingungen. Die Guten ins Töpfchen, die Schlechten ins Kröpfchen! Verlorene, hartgekochte, russische, hundertjährige Eier, Spiegel-, Rühr-, Setz- und Soleier, Eier im Glas, Eier zum Spaß ohne Ende. Dann entfernt XY im TV
   A) einen Eikern „E“ und pflanzt
   B) einfach einen eifremden Zellkern „B“ in das Ei ein. Wer „E“ sagt, muss auch „B“ sagen, sagt XY am Ende, „B“ wie „Bert“, „E“ wie Emma! Fortpflanzung wird fortgesetzt!
2. Folge: Das Wunder des Lebens, die vierfach codierte DNA-Doppelhelix eines Neuen Menschen, köchelt auf kleiner Flamme. Die Neue Mutter rührt kräftig um, damit die Körpertemperatur nicht zu stark steigt. Sie probiert einen Löffel, gibt noch ein wenig Würze hinzu: Ja, es wird schmecken! Das können wir Emmas Gesicht ansehen. Wir müssen gar nicht die ganze Garzeit abwarten, die mehr als eine ganze Sendelänge dauert. Bitte schalten Sie bald wieder ein! ruft Emma. Dann ist unser Überraschungsei gar! Dann ist der TV-Geburtstag da! Dann laden wir Sie ein zur TV-Geburtstagspremierenfeier! Bis bald!
3. Folge: Eines TV-Tages ist es soweit! TV-Premiere! Endlich ist der TV-Geburtstag da! Ein Klon ist aus dem Ei geschlüpft! Es ist kein schönes Gesicht, das hier kopiert wurde, und kein schöner Körper, aber eine kräftige Stimme.

Gebrüll erfüllt den Raum. Herzlichen Glückwunsch, Emma! Es ist ein Junge! Wie der Vater, so der Klon! Schade, dass der Klonvater jetzt nicht im Fernsehen zu sehen ist! Schade, dass Bert, der Klonvater, jetzt nicht fernsieht!

22

Auch im wirklichen Leben gibt es eine Premiere!

Eines Tages ist es nämlich auch bei Marie-Claire so weit. Endlich ist der Geburtstag da! Marie-Claire vergießt im klinisch weißen Kreissaal Blut, Schweiß & Tränen. Marie-Claire vergisst voller Panik in der Städt. Klinik, dass sie das Leben weitergeben will. Marie-Claire vergisst, dass sie ein Kind will. Marie-Claire will kein Kind, Marie-Claire will das Leben nicht weitergeben, Marie-Claire will das Leben nicht verlieren bei dieser schwierigen Geburt. Das Kind will das Leben nicht haben, nicht geschenkt und schon gar nicht gegen Bezahlung. Es atmet nicht, es läuft blau an. Es ist kein schöner Anblick. Es ist kein schönes Gesicht, das diese Seele gewählt hat, und einen schönen Körper hat diese Seele auch nicht gewählt, aber eine kräftige Stimme. Gebrüll erfüllt den Raum.

Herzlichen Glückwunsch, Marie-Claire! Es ist ein Junge!

Wie der Vater, so der Sohn!
Aber wo ist der Vater? Wo ist Bert?

Bert, der Vater, wurde nicht über die Geburt informiert. Bert, der Vater, wurde nicht gefragt, ob er Vater werden will. Bert ist dennoch als Vater gefragt. Von Amts wegen. Ein schwerhöriger Beamter trägt nämlich gerade anstatt des fernmündlich übermittelten Namens BRAD den Namen BERT in die Geburtsurkunde ein. (Ein Name also, der aus vier Buchstaben besteht, wie BRAD oder LOVE, PAPA oder GOTT!)

Wie der Vater, so der Sohn!

Somit ist der Vater ermittelt. Da steht das Amt schon vor der *Spielplan*-Redaktion!

Nichts ist umsonst, sagt das Amt, nicht die Große Liebe, nicht der Kleine Tod. Und das Leben ist auch nicht umsonst, es muss bezahlt werden. Das Amt überreicht Bert die Rechnung. Bert muss für einen Beischlaf bezahlen, nachträglich und zukünftig, für einen Schwangerschaftsyogakurs sowie für einen Sohn.

Aber das Amt hat die Rechnung ohne Bert gemacht!

Bert ist potent, aber er ist nicht blöd! Da kann ja jede kommen und ihm ein Kind unverlangt unterschieben! Ein feines Kuckucksei, das Bert nicht einmal zum Frühstück verspeisen möchte! Pfui! Bert speit auf diese feine Eierspeise! Soll doch Marie-Claire ihr Überraschungsei allein auslöffeln! Bert verlangt eine Genanalyse! Soll doch Marie-Claire einen Genealogen bezahlen! Bert ist ein freier Bürger, der sich regenerieren kann mit wem und wann und wo er will, ohne dafür bezahlen zu müssen. Adieu! sagt Bert. Das Amt soll gehen, Bert will es nicht wiedersehen!

Aber Bert bleibt das Nachsehen. Denn das Amt will noch nicht gehen. Das Amt hat noch ein Überraschungsgeschenk, das Bert nicht zurückweisen darf! Ein zweites Überraschungsei von einer zweiten Überraschungsmutti! (Jedes Ei hat ja bekanntlich, wie jeder Mann, eine Mutti!) Ein zweites Überraschungskind, frisch aus der Brutmaschine! Dieser Sohn, Herr Bert, ist ein Klon! Bert Klonson, der die Hauptrolle in dem Neuen TV-Drama des Neuen TV-Dramatikers XY spielt, das auch eine Fernsehserie sein könnte, ein Fernsehfilm, eine Video-Installation oder ein Fortpflanzungsroman in Fortsetzungsfolgen! In den Nebenrollen: Emma & Bert! Ein TV-Paar, das ein Kloneltern paar geworden ist!

Herzlichen Glückwunsch, Herr Bert!

Das ist ein böser, schwarzer Traum! denkt Bert. Bert will aus diesem Traum erwachen. Bert zwickt sich bis aufs Blut. Bert lässt alle Wecker klingeln. Bert alarmiert den Notweckdienst. Bert schleppt sich ins redaktionseigene WC, Bert schaut in den dreigeteilten WC-Spiegel, drei WC-Spiegelbilder schauen zurück. Es ist, als gäbe es das WC dreimal! Und als gäbe es Bert dreimal! Unmöglich, zwischen Original und Kopien zu unterscheiden! Ähnlichkeiten mit einer natürlichen Person namens Bert sind nicht zufällig!

Bert erklärt, einzigartig zu sein und unverwechselbar. Ich bin das Original, das die Frauen fälschen! ruft Bert. Die Frauen, die nicht ihren Mann stehen können! Die Frauen, die einen Mann bestehlen! Bert hebt die rechte Hand. Er schwört dem Amt, die Wahrheit zu sagen, nichts als die Wahrheit. Bert ist das wahre Original, die Kopien sind die Fälschungen. Säuglinge sehen alle gleich aus, sagt Bert, der in Wahrheit noch nie einen Säugling gesehen hat. Aber kein Säugling kann aussehen wie Bert. Das weiß Bert, ohne jemals einen Säugling gesehen zu haben. Das Amt ist immer noch zu sehen. Das Amt soll gehen.

Bitte! sagt Bert. Ich gehe, sagt das Amt, aber ich komme wieder.

23

Zur selben Zeit umkreisen im klinisch weißen Kreißsaal des Städt. Klinikums Kinderausstatter die ledige Kindsmutter Marie-Claire. Bert, der Sohn, ist nicht mit dem Nötigsten ausgestattet, klagt Marie-Claire. Bert, der Vater, stattet Bert, den Sohn, nicht mit dem Nötigsten aus. Es fehlt an allem. Es fehlt vor allem an Geld. Nichts ist umsonst, nicht die Große Liebe, die wir in diesem Liebesroman immer noch vermissen, und auch nicht der Kleine Tod, der hinter jeder Ecke lauert. Und schon gar nicht das Leben, das soeben weitergegeben wurde von der Mutter an den Sohn.

Wer soll das bezahlen? fragt das Leben. Marie-Claire, die Mutter, zahlt nicht. Marie-Claire, die Mutter, hat Mutterschutz. Bert, der Vater, zahlt auch nicht. Bert, der Vater, schützt vor, nicht der Vater zu sein.

Aber das Leben ist nicht zum Spaß hier!
Das Leben ist kein Unterhaltungsprogramm!
Das Leben ist auch kein Unterhaltungsroman!

Im Gegenteil: Das Leben will unterhalten werden, im Reality-TV und in der Realität! Und das Leben hat einen Unterhalt, der teuer bezahlt werden muss! Wer soll das bezahlen? fragt das Leben immer wieder und schaut sich suchend im Kreißsaal des Städt. Klinikums um. Neben den kreisenden Kinderausstattern und der ledigen Mutter ist lediglich ein Sohn zu sehen, der, wie so viele heutige Söhne, ein lediger Sohn ist.

Bert, der Sohn, muss bezahlen, sagt das Leben.
Bert, der Sohn, muss das Leben unterhalten.
Bert, der Sohn, muss fürs Leben arbeiten und fürs Fernsehen!

Rasch werden verschiedene verbindliche Kinderarbeitsverträge mit den Kinderausstattern vereinbart. Bert, der Sohn, wird ein Werbe- und Unterhaltungsstar werden. Bert, der Sohn, wird ein Medienstar werden wie Bert, der Vater. Wie der Vater, so der Sohn! Der Sohn folgt dem Vater. Er fängt klein an. Aber jeder hat mal klein angefangen! Auch Bert, der Vater, der immer noch klein ist, aber oho!

Bert, der Vater, weiß nicht, dass Bert, der Sohn, ihm folgt. Und es interessiert ihn auch nicht. Denn Bert, der Vater, will nichts von Bert, dem Sohn, wissen!

Auch von Bert, dem Klon, will Bert, der Klonvater, nichts

wissen! Vielleicht findet der Klon ein Heim in einem Kinderheim der Eierbank? Alles Gute, wünscht Bert. Vielleicht ist diese Kindheit gesünder als eine Kindheit in freier Wildbahn? Vielleicht braucht ein Mensch weder Mutter noch Vater? Aber ist ein Klon ein Mensch?

Bert will nicht über diese Frage nachdenken. Bert will nicht über den Klon nachdenken und nicht über den Sohn. Bert will einzigartig sein und bleiben, ohne natürliche und unnatürliche Kinder! Vielleicht bringt XY den Klon zu weiteren Züchtungsversuchen mit einem echten US-amerikanischen Frauenautomaten® zusammen? Viel Spaß! wünscht Bert. Bert ist frei. Bert erfreut sich der Freiheit. Das war's! sagt Bert.

Aber das war's noch lange nicht!

Denn Bert irrt, wenn er glaubt, Sohn und Klon abschütteln zu können wie lästige Insekten. Bert irrt, wenn er glaubt, einmalig zu sein. Bert ist dreimalig. Man könnte sich leicht eine Vielzahl des Menschen Bert vorstellen, eine moderne Masse Mensch, wie man sie aus den modernen Massenmedien kennt, Kunstwesen, ohne Namen, ohne Titel.

Aber Bert trägt einen Namen, den er selbst gewählt hat! Und Bert trägt einen Titel, den er selbst gewählt hat! Bert ist Professor Doktor h.c. in spe. Bert hat sich selbst geschaffen mit Namen und Titel! Bert ist einzigartig, er ist seine eigene Erfindung, er ist sein eigenes Kunstwerk!

Bert, der Sohn, hingegen ist ein moderner Massenmensch, der bereits zu Beginn seines Lebens nicht ohne künstl. Konsumgüter (Kunstmuttermilch, Kunststoffwindeln, Kunstfaserstrampler) auskommt. Das zeigt uns das Fernsehen. Denn Bert, der Sohn, ist nicht nur ein Massenmensch, sondern er wird auch ein Massenmedienstar werden. Bert, der Sohn, wird den Massenmedien sehr viel zu verdanken haben, er wird den Massenmedien sehr viel Geld zu verdanken haben. Aber das weiß Bert, der Vater, nicht. Noch nicht.

Bert, der Vater, weiß überdies nicht, dass Bert, der Klon, ebenfalls ein Massenmedienstar werden wird. Sein Leben im Fernsehen! Und wir sind immer dabei! Live! Wie Bert, der Klon, das Leben nicht haben will, weil er nicht bekommt, was er haben will, dieser Neue Miniatur-Frankenstein! Und wir sind immer dabei! Dreimal täglich! Live! In der TV-Doku-Soap-Spezialsendung *Bert-Spezial-TV*. Weitere Informationen im Internet unter www.bert.de! Bert, der Klon, wird den Massenmedien sehr viel zu verdanken haben, er wird den Massenmedien sehr viel Geld zu verdanken haben. Bert, der Klonvater, weiß davon nichts, gar nichts.

Bert, der Klonvater, weiß nur, dass er nichts wissen will von Bert, dem Klon. Bert will keine Klonvaterrolle spielen in dem Neuen TV-Drama des Neuen TV-Dramatikers XY, das auch eine Fernsehserie sein könnte, ein Fernsehfilm, eine Video-Installation oder ein Fortpflanzungsroman in Fortsetzungsfolgen. Bert will keine Nebenrolle spielen, Bert will die Hauptrolle spielen, im Reality-TV und in der Realität. Sie müssen Ihr Spiel ohne mich planen! schreibt Bert an XY. Vielleicht findet der Klon ein Heim in einem Kinderheim der Eierbank? Alles Gute, wünscht Bert. Vielleicht bringen Sie den Klon zu weiteren Züchtungsversuchen mit einem echten US-amerikanischen Frauenautomaten® zusammen? Viel Spaß! wünscht Bert. Das war's! schreibt Bert. Mit freundlichen Grüßen.

Bert spielt nicht mehr mit. Bert ist frei!

Aber die Freiheit hat einen Preis! ruft das Amt, das wieder mitspielen will. Bert, der Vater, muss den Preis für Bert, den Sohn, zahlen! ruft das Amt. Bert ist bereit, einen Preis zu zahlen. Der Preis ist Bert, der Sohn. Der Vater setzt den Sohn als Preis aus. Der Vater ist dafür, einen anderen Vater für den Sohn zu suchen. Bert denkt an Karlheinz, der kinderlieb ist, aber kinderlos. Vielleicht könnte Karlheinz dieses Kind an Kindes statt annehmen?

Bert bietet Karlheinz einen Hauptpreis an und einen Trostpreis. Bert, der Sohn, ist der Trostpreis, die stellvertr. Ltg. der *Spielplan*-Redaktion ist der Hauptpreis. Sie könnten stellvertr. Leiter der *Spielplan*-Redaktion werden, wenn Sie stellvertr. Vater werden könnten, schreibt Bert in einem Brief an Karlheinz. Mit freundlichen Grüßen. Dann wartet Bert vergeblich auf Antwort.

24

Und während Bert wartet, warten auch wir. Um die Wartezeit unterhaltsamer zu gestalten, schaltet Bert das Unterhaltungsprogramm des Fernsehens ein. Im Fernsehen läuft Reklame. Zu sehen ist, in einer Endlosschleife, Bert, der Sohn, der Kunstmuttermilch auf seinen Kunstfaserstrampler kotzt und in Kunststoffwindeln kackt. Die liebe Mama lächelt lieb in die Kamera, obwohl sie nach einem ganzen Drehtag kaum noch stehen kann und sich überdies sehr vor der Kinderkotze ekelt, und vor der Kinderkacke ekelt sich Marie-Claire noch viel mehr. Ich muss kotzen! denkt Marie-Claire. Vier Minuten Werbepause!

Bert, der Vater, stellt dem Fernsehen eine Frage, die nicht aus dem Bereich des heiteren Beruferatens gewählt wurde, sondern aus dem Bereich des heiteren Prominentenratens.

Das Fernsehen antwortet nicht. Vielmehr wirbt es in der Werbepause für eine Neue Pro-Familia-Fernsehsendung über Neue Paare in den Neuen Medien. Frauen und Männer sind verschiedene Menschen, sagt das Fernsehen. Aber sie können einer Meinung sein. Es ist selten, aber möglich. Frauen und Männer denken beispielsweise fortwährend an Fortpflanzung. Sie haben also gemeinsame Interessen! Das Fernsehen empfiehlt für diesen gemeinsamen Fall eine virtuelle Beziehung ohne Regression und Frustration, wie sie sich so häufig bei paarbereiten Partnern einstellen. Das Neue Paar trifft sich online, fingiert und kompensiert Primärbedürfnisse und -interessen und bestellt einfach per E-Mail einen Klon. Einen echten Kunstsohn wie Bert Klonson, der frech in die Kamera grinst. Ende der Paarwerbung, Ende der Werbepause.

Bert, der Klonvater, stellt dem Fernsehen noch eine Frage, die nicht aus dem Bereich des heiteren Beruferatens gewählt wurde, sondern aus dem Bereich des heiteren Prominentenratens.

Aber das Fernsehen antwortet wieder nicht. Vielmehr zeigt es wieder Marie-Claire & Bert, den Sohn. Und es zeigt Emma & Bert, den Klon. Die zwei Kinder, gezeugt von zwei Müttern und einem Vater, sind kein Wunder der Natur, sondern ein Wunder der Kunst. Genauer: Ein Kind namens Bert ist ein Wunder der Natur, das andere Kind namens Bert ist ein Wunder der Kunst. Und während im Fernsehen Natur- und Kunstwunder vorgestellt werden, wundert sich vor dem Fernseher Bert, der Vater und Klonvater.

Bert kann sich nicht vorstellen, Vater und Klonvater dieser beiden Kinder namens Bert zu sein. Bert, der Vater und Klonvater, versucht sich zu verstellen. Bert, der Vater und Klonvater, fragt dem Fernsehen ein Loch in den Bauch. Ist es eine Verwechslung? Eine Vertauschung? Eine Vortäuschung? Eine Verdrehung? Eine Verdreifachung? Eine Pixelmasse mit Pixelmaske? Sind Ähnlichkeiten mit einer natürlichen Person namens Bert zufällig?

Aber das Fernsehen antwortet immer noch nicht. Das Fernsehen zeigt immer noch die beiden Kinder namens Bert, die nun auf massiven Goldtöpfen sitzen, und spielt als Geräuschkulisse das Geräusch rasselnder Geldstücke ab. Bert stellt dem Fernsehen eine letzte Frage, die weder aus dem Bereich des heiteren Beruferatens gewählt wurde noch aus dem Bereich des heiteren Prominentenratens. Das ist Kindergeld, antwortet das Fernsehen umgänglich & unverzüglich.

Denn das Fernsehen stellt hier & heute die Neuen Verdienstmöglichkeiten Neuer Frauen vor, deren Verdienst es ist, neben dem zeit- und kraftzehrenden Hauptberuf im zeit- und kraftzehrenden Nebenberuf Neue Mutter zu sein. Die Neue Mutter bezieht von jedem Neuen Kind Kindergeld, das das Neue Kind durch Kinderarbeit verdient. Im Fernsehen!

An Vaters statt und statt Vater Staat bezahlen die Massenmedien den Erhalt der menschlichen Art! ruft Emma. Eine zeitgemäße Art der Arterhaltung im ART-Zeitalter! Wen sollten die modernen Massenmedien unterhalten, wenn sie nicht den modernen Massenmedienmenschen erhalten? fragt Emma. Wer sollte den modernen Massenmedienmenschen erhalten, wenn nicht die modernen Massenmedien, die den modernen Massenmedienmenschen unterhalten? Das Vermögen, das die Kinder verdienen, geht natürlich an die natürlichen Mütter! An die erfolgreichen Produzentinnen der erfolgreichen Kinder, die Aktien kaufen, eine Villa mit Pool und einen nachtschwarzen Porsche!

Bert, der natürliche Vater und Klonvater, ringt vor dem Fernseher die leeren Hände. Bert, der erfolgreiche Produzent eines natürlichen und eines künstlichen Sohnes, will auch Aktien, eine Villa und einen nachtschwarzen Porsche kaufen können. Der Brillantschmuck der Mütter schimmert im Scheinwerferlicht, als das Fernsehen fragt: Wer verdient mehr? Wer verdaut weniger? Bert, der Sohn, oder Bert, der Klon?

Bert, der Vater, dreht den Fernsehton lauter, das Geschrei der beiden Kinder namens Bert schlägt ihm entgegen, die sich um einen Lutscher schlagen. Bert stellt den Fernsehton ab. Schade, denn nun wissen wir nicht, wer weniger verdaut und wer mehr verdient. Und Bert weiß es auch nicht.

Während Bert auf die Wiederholung wartet, warten auch wir. Denn nicht fürs Fernsehen, sondern fürs Leben lernen wir!

Aus dem Studiohintergrund treten jetzt zwei Kindermädchen in Kindermädchenkleidung hervor (kunstlederne Kittelschürzen, die kunstledernen Kittelschürzentaschen randvoll mit Kunstmuttermilch, Kunststoffwindeln, Kunstfaserstramplern) und entfernen die schreienden Kinder namens Bert aus dieser informativen Unterhaltungswerbesendung. Nun können Emma und Marie-Claire sich unterhalten. Nun können Emma und Marie-Claire uns informieren. Nun können Emma und Marie-Claire für die beiden Kinder namens Bert werben.

Bert, der Klon, verdient mehr als Bert, der Sohn! wirbt Emma. Und er verdaut weniger! Seine Mutter betreut derweil seine Konten sowie seine Doku-Soap, die wie eine Droge wirken soll: *Blow-up-Bert-Klonson*, das Fernsehgeschenk zur Fernsehsendung, sitzt in aufgeblasener Lebensgröße auf den Fernsehsofas fernsehsüchtiger Familien. Bert, der Klon, ist der Hauptdarsteller einer Fernsehserie, die nicht das Leben schreibt, sondern ein hochmotiviertes, hochdotiertes Drehbuchteam, geleitet von dem hochmotivierten, hochdotierten Drehbuchautor XY, der auch einen Fortsetzungsroman zur Fernsehserie verfasst: BESTSELLER BERT ist nominiert für die Bestenliste! Fortsetzung folgt! BESTSELLER BERT wird in alle Sprachen der Welt übersetzt! Überall auf der Welt sollen moderne Massenmedienmenschen so sein wollen wie Massenmedienstar Bert Klonson!

Was kann Marie-Claire dagegen halten? Vielleicht eine Goldmedaille für ungeklonte Fortpflanzung? Vielleicht ein paar unterhaltsame Werbefilme, in denen sie mit Mühe echte Mutterliebe mimt? Vielleicht ein echtes Kind, das die echte Mutter mit seinen kleinen, kräftigen Füßen tritt und immer öfter nach dem echten Vater ruft, den es gar nicht kennt?

Aber hier ist doch der Vater des Sohnes Bert!

Bert, der Vater, wird sofort für Bert, den Sohn, sorgen. Bert, der Vater, sorgt dafür, dass Bert, der Sohn, genauso erfolgreich wird wie Bert, der Klon. Und wie sein Vater. Bert, der Sohn, wird der Neue Held auf dem Theater sein, im Film und im Fernsehen. Bert, der Sohn, ist zwar klein, aber oho! Wie sein Vater, der berühmte Herausgeber der berühmtesten Zeitschrift für Theater-, Film- und Fernsehkritik!

Bert, der Vater, wird den berühmten Dramatiker XY mit dem Entwurf eines Theaterstücks beauftragen, das BERT heißt, mit dem Drehbuch des Films BERT, mit dem Exposé der Fernsehserie BERT. Überdies beauftragt Bert XY in einem Schreiben, einen Fortsetzungsroman zu schreiben mit dem Titel BERT BESTSELLER. In der Hauptrolle: Bert, der Vater, der Bert, dem Sohn, eine Hauptrolle im Spiel des Lebens zuspielt. Bravo, Bert!

Nun muss Bert nur noch ein Schreiben ans Amt schreiben: Bert, der Vater, übernimmt alle Pflichten bezüglich der Aufzucht des Sohnes Bert und alle Rechte. Das Kind ist eine lästige Last für eine berufstätige Mutter, die zu Höherem berufen sein könnte, wenn sie nur wollte. Marie-Claire ist frei für Beruf und Berufung. Marie-Claire ist frei für eine Neue Liebe. Marie-Claire kann ein Neues Kind zeugen mit einem Neuen Mann. Bert wünscht alles Gute. Mit guten Wünschen.

Aber Marie-Claire will gar kein Neues Kind zeugen!

Marie-Claire hat einen Neuen Sony, den sie gern zeigt! Im TV! Marie-Claire gründet mit Emma die Sony-TV-Company, denn beide Mütter wollen anstatt mehrerer Kinder mehr Kindergeld. Beide Mütter wollen, dass es den beiden Kindern namens Bert einmal besser geht als ihren beiden Müttern, die nie die besten Kinder waren. Nach dem Ende der Sendung schenken die beiden Mütter einander ein wenig Mutterliebe. Sie schmusen und säuseln, zärteln und tüpfeln, prickeln und feuchteln, hauchen und zupfen und rupfen ein wenig und lüften hier und da und gleiten auf das Fernsehsofa des Sendeleiters, der sich zu Hause ein Bier einschenkt und nicht an sein Fernsehsofa denkt.

Emma & Marie-Claire entdecken auf dem Fernsehsofa des Sendeleiters die Große Liebe, die wir in diesem Liebesroman so lange vermisst haben. Da sitzt sie und schaut lieb in die Kamera. So können nur Frauen lieben, sagt die Große Liebe weise und weist auf Emma und Marie-Claire. Emma und Marie-Claire sind eng miteinander verschlungen, Emma und Marie-Claire verschlingen einander, sie saugen sich aneinander fest, sie nehmen einander auf, sie sind ein doppelköpfiges Wesen, eine Doppelgöttin mit vier Mündern und vier Brüsten. So etwas findet man nur in diesem Doppelroman! So etwas findet man nicht in mythologischen Dramen!

Auch die Knaben Bert & Bert findet man nicht dort. Sie findet man im Büro des Sendeleiters, wo sie ihre Mütter suchen und finden. Emma und Marie-Claire ziehen die Knaben sofort auf ihre Schöße, Emma und Marie-Claire schenken den Knaben sofort ein wenig Mutterliebe. Das ist sehr lieb & ein wenig gefährlich, wie die mythologischen Dramen zeigen. Aber Emma und Marie-Claire schauen nicht zurück, sondern voraus. Emma und Marie-Claire sind nicht von gestern, sondern von morgen, sogar von übermorgen. Sie leben keine alten Mythen nach, sondern Neue Utopien aus. Die beiden Neuen Mutterfrauen sind sehr glücklich. Auch die beiden Neuen Knaben namens Bert sind sehr glücklich.

Aber Bert, der Vater und Klonvater, ist immer noch der alte und unglücklich!

Bert erhält einen Brief von XY, der ihn nicht beglückt: XY ist in Dollywood. Der Neue Filmdrehbuchautor startet eine Neue Filmkarriere in Amerika! Sein echter US-amerikanischer Frauenautomat® ist immer dabei!

Goodbye, Mister Bert! Auf Nimmerwiedersehen!

Bert erhält zudem einem Brief vom Amt, der ihn nicht beglückt: Marie-Claire übernimmt alle Pflichten bezüglich der Aufzucht des Sohnes Bert und alle Rechte. Das Kind ist eine lästige Last für einen berufstätigen Vater, der zu Höherem berufen ist. Bert ist frei für Beruf und Berufung. Bert ist frei für eine Neue Liebe. Bert kann ein Neues Kind zeugen mit einer Neuen Frau. Marie-Claire wünscht alles Gute. Mit guten Wünschen.

Sie können nun Ihrer Wege gehen, die frei sind und nicht verstellt durch ein nicht erwünschtes Kind, Herr Bert, sagt das Amt. Sie sind frei für Beruf und Berufung! Herzlichen Glückwunsch, Herr Bert! Die Freiheit kommt frei Haus zu Ihnen! Das Amt winkt aus der Ferne.

Auf Nimmerwiedersehen, Herr Bert!

Bert winkt nicht zurück. Bert kann sich der Freiheit nicht erfreuen. Bert ist nicht glücklich. Bert ist unglücklich. Bert will kein Neues Kind mit einer Neuen Frau zeugen. Bert hat zwei Kinder verloren und zwei Frauen dazu. Sein Unglück macht rasch die Runde in der Theater-, Film- und Fernsehbranche.

Bert ist der tragische Held einer Neuen Tragödie, die eine Neue Autorin schreiben will. Das schreibt die bildschöne Neue Tragikerin in einem Schreiben mit Bild an Bert. Ein bildschöner Gedanke, denkt Bert. Und trifft die Neue Autorin sofort in der *Spielplan*-Redaktion, wo sie sofort mit ihrer eineiigen Zwillingsschwester eintrifft, die ihr zum Verwechseln gleicht.

Bert ist sofort so begeistert von den beiden blonden Schwestern, dass er die beiden blöden Brüder namens Bert sofort vergisst! Sie müssen jetzt an ihre eigene Zukunft denken, denkt Bert. Bert muss jetzt an seine eigene Zukunft denken, Bert kann nicht mehr an die Vergangenheit denken. Bert schaut nicht zurück, sondern voraus. Bert will nicht von gestern sein, sondern von morgen, sogar von übermorgen! Er will keine alten Mythen nachleben, er will Neue Utopien ausleben!

Viel Glück! wünscht Bert, der Vater und Klonvater, dem Sohn und dem Klon. Vielen Dank, Bert, wir werden es ausrichten. Auch dir viel Glück, Bert! Du wirst Glück brauchen, Bert!

Aber das Glück hat für Bert gar keine Zeit!

Es hält sich nämlich bei Emma & Marie-Claire und den beiden Kindern namens Bert auf, die eine kleine Flickwerkfamilie sind und glücklich, sehr glücklich. Wir sind sehr glücklich! sagen die vier immer wieder in ihrer kleinen Fernsehserie *Wir 4 und andere Kleinigkeiten!*, die jeden Abend im Abendprogramm zu sehen ist. Wir sind die glückliche kleine Flickwerkfamilie von heute, morgen und übermorgen, sagen die vier. Eine alleinerziehende Mutter, zwei ledige Kinder und eine vierte erwachsene Person, die zu Hause selten zu sehen ist, weil sie ständig in den modernen Massenmedien zu sehen sein muss, damit das Leben zu Hause unterhalten werden kann.

Diese Flickwerkfamilie wirkt wie ein altbekannter Hut von gestern oder vorgestern. Aber sie ist eine Flickwerkfamilie von heute, morgen und übermorgen, weil sie anders ist als die alten Flickwerkfamilien von gestern und vorgestern. Denn Emma und Marie-Claire sind anders als andere ältere Mütter, und die beiden Knaben namens Bert sind auch anders als andere Knaben ihres Alters. Somit gefährden sie den Erfolg der Fernsehserie, die ihre wichtigste Zielgruppe nicht mehr erreicht: die jungen heterosexuellen Fernsehzuschauerinnen, die sich für die Parfüm-, Schaumbad- und Haartönungsreklamen in den Werbepausen interessieren, aber nicht für die homosexuellen Fernsehserienspieler im Hauptprogramm.

Aus diesem Grund treibt der Produzent mit flotten Peitschenschlägen eine rettende Idee aus dem fluchenden Hirn des Drehbuchteams, das sich zu gern zu dem Drehbuchautor XY ins US-amerikanische Exil flüchten möchte. Aber zuvor produziert es die rettende Idee für den Produzenten und für die jungen heterosexuellen Fernsehzuschauerinnen:

Bert, der Klon, hat sich geirrt! Bert, der Klon, glaubt, er wäre wie Bert, der Sohn! Aber Bert, der Klon, ist anders als Bert, der Sohn. Bert, der Klon, ist DER ANDERE!

Das muss Bert, der Klon, lernen. Bert, der Klon, lernt in den Werbepausen, dass er anders ist als Bert, der Sohn. Bert, der Klon, lernt in den Werbepausen im Angesicht anderer, dass er DER ANDERE ist. Allabendlich lernt er, dass er DER ANDERE ist angesichts der jungen Fernsehzuschauerinnen, die sich vor jedem Treffen mit ihm die Haare tönen, ein Schaumbad nehmen und sorgfältig parfümieren. Denn Bert, der Klon, ist beliebt bei den Frauen.

Ich liebe dich, sagen die Frauen zu Bert, dem Klon.

Die Frauen sagen diesen Satz, weil sie ihn oft in ähnlichen Situationen gesagt haben. Die Frauen haben diesen Satz oft in ähnlichen Situationen gehört und gelesen, im Kino, im Fernsehen, in Liebesromanen. Die Frauen sind sich ihrer kulturellen Prägungen selten so sicher wie in diesem Augenblick. Denn Bert, der Klon, ist anders als alle anderen jungen Männer, er hat etwas, das alle anderen jungen Männer nicht haben. Und die alten Männer haben es auch nicht, wenngleich kaum eine Frau dies wissen dürfte, schon gar nicht eine junge, da sich kaum eine Frau, schon gar nicht eine junge, für die alten Knacker interessieren dürfte.

Bert, der Klon, ist nicht von gestern oder von vorgestern, wie die alten Knacker, sondern von morgen, sogar von übermorgen. Er lebt keine alten Mythen nach, sondern Neue Utopien aus. Denn Bert, der Klon, besitzt, wie Braunbär und Flughund, wie Walross und Iltis, das typische Merkmal männlicher Macht.

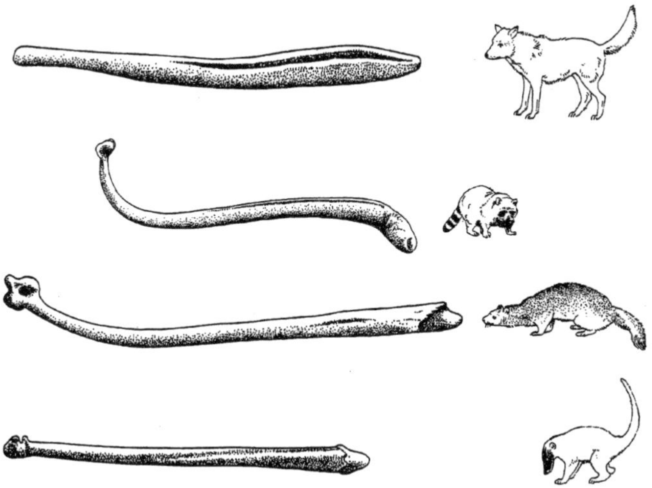

Den Penisknochen (Os penis oder Baculum, wie die lateinische Bezeichnung lautet) findest du bei Raubtieren wie Bären, Hunde- und Marderartigen sowie Katzen und Walrossen. Einige Beuteltiere, Fledermäuse, Nager, Halbaffen und Affen besitzen auch diesen Knochen.

Bert, der Klon, ist das Maß, an dem sich alle Männer messen müssen, ohne es zu können. Deshalb erkranken alle Männer morgen oder übermorgen an Penisknochenneid. Deshalb sterben alle Männer morgen oder übermorgen aus. Übrig bleiben die Frauen, übrig bleibt Bert, der Klon. Übrig bleibt die Liebe, die am Ende dieses Liebesromans schwört, fit zu bleiben fürs Leben und fürs Fernsehen.

Anstatt eines vorzeitigen Nachrufs auf unseren lieben Leser erfolgt hier für ihn der Auftritt einer freundlichen Fernsehansagerin mit einer Absage: Sendeschluss gibt es nicht mehr. Deshalb könnte sich dieser Liebesroman mit unendlich vielen Fortsetzungsfolgen im Fernsehen unendlich lange fortpflanzen. Dennoch ist hier das vorläufige Ende erreicht. Wir können es Ihnen nicht verübeln, wenn Sie nun eine Fachzeitschrift für Theater-, Film- und Fernsehkritik studieren wollen. Denn Frauen und Männer sind verschiedene Menschen; sie benutzen nicht nur verschiedene Toiletten, sondern sie lesen auch verschiedene Texte.